AF397586

Förlag: BoD-Books on Demand, Stockholm, Sverige

Tryck: BoD-Books on Demand, Norderstedt, Tyskland

ISBN: 978-91-7785-721-1

Arne Johansson

Gården vid Svarta Halla

Tidigare utgivningar:

En blick i backspegeln

Med rötter i Småland

Fången och flöjtspelaren

Stuga uthyres

Gården vid Svarta Halla

en spänningsroman

Detta är en uppdiktad berättelse. Några episoder i avsnitt "Tidigare", som utspelar sig strax före andra världskriget, har dock en viss verklighetsförankring. Personerna är påhittade, medan orter och platser finns på riktigt. Felaktigheter som kan förekomma är mina egna misstag.

Strandbaden 2019

Arne Johansson

Prolog

Eftermiddagens ljus började sakta övergå i en grådisig ton. Luften som varit klar under dagen fick nu en försmak på att hösten var i antågande. Oktoberdagen var fortfarande varm och skön, men snart väntade lågtryck med blåst och regn. Utemöblerna på balkongen skulle tömmas på sina dynor. Almanackan visade på vintertid.

Den gamla damen stod vid diskbänken och såg ner mot gatan utanför. Hon visste inte varför hon dröjde sig kvar sedan hon diskat sin tallrik efter den sporadiska lunchen. Ibland kunde hon för en stund fly bort från nuet, låta tankarna flyga iväg. Nudda vid händelser i det förgångna, händelser i de roller som tilldelats henne. Hon kände ingen bitterhet längre, bara tomhet.

Det var inte mycket trafik ute den här dagen, inte många människor på trottoaren heller för den delen. Kanske hade man inte några ärenden att uträtta denna dag, i de få butiker som kämpade för sin överlevnad genom att fortsätta hålla öppet. Visserligen växte antalet invånare sakta i staden, men den var fortfarande bara en liten ort i mångas mening. Men hon trivdes, det var så hon tänkte där hon stod och funderade.

Från tredje våningen där hon hade sin anspråkslösa lägenhet vid Storgatan, kunde hon från balkongen se ända bort mot Öresund och få en skymt av Danmark. Det var en lugnande känsla och hon ville inte, trots sina snart åttiotre år, flytta till något äldreboende. Den dagen den sorgen, brukade hon säga till de som undrade.

Det ringde på dörrklockan, en gäll signal. Damen ryckte till och såg ut på några fiskmåsar som passerade hennes fönster. De gav henne inte något svar. Hon torkade händerna på kökshandduken och gjorde en rörelse mot håret, som för att känna efter om hon såg proper ut. Hon var alltid noga med sitt utseende, gick till frissan runt hörnet en gång i månaden och handlade sina kläder hos Astrid på Köpmansgatan. Hon ville vara välklädd, även om hon inte fick så många besök nuförtiden.

Just idag väntade hon inte någon. Hemtjänsten som kom en gång om dagen, hade redan varit där. Erik pratade hon med i telefon under gårdagen, så det borde inte vara han. Dessutom hade sonen egen nyckel och kände till portkoden. Hon tvekade. Kanske hade någon bara tryckt fel, tänkte hon och avvaktade.

Det ringde igen, denna gången mer ihärdigt, en lång signal. Porttelefonen var ur funktion, så hon skulle vara tvungen att gå ner till ytterdörren och öppna för den som ringt på. Det hade gått två veckor sedan man påtalat felet för vaktmästaren, men ännu hade inget åtgärdats.

På varje våningsplan fanns fyra dörrar och hon hörde svaga ljud, som utgjorde livet där inne i lägenheterna. Någon såg tydligen ett sportprogram på TV, förstod hon av ljudet att döma. Från fru Nilssons lägenhet hördes som vanligt inget, hon levde sitt liv i tyst ensamhet och hade antagligen aldrig några besök. De hade druckit kaffe tillsammans vid några tillfällen, men det var länge sen sist. Hon påminde sig själv att ringa på någon dag.

På andra våningen där ett ungt par bodde, hörde damen ett gällt skrikande från ett gråtande barn. Det gjorde ont i henne när hon hörde barn som grät, något som påminde om händelser långt tillbaka i tiden och skyndade vidare nerför trappan. Även om det inte gick så fort numera, var hon ändå vid god vigör.

Damen var fullständigt oförberedd på vad som väntade henne på andra sidan porten. När hon öppnade och såg den främmande personen som stod där utanför, visste hon ändå vem det var. Livet stannade upp för en stund och hon var tvungen att hålla hårt i dörren för att låta yrseln gå över. Även om hon länge väntat på detta besök, kändes det ändå så overkligt och märkligt, när det nu hände på riktigt. Efter alla dessa år.

Några personer passerade utanför, men hon märkte dem inte. En hund skällde på avstånd. Hon stirrade på kvinnan som ringt på dörrklockan och öppnade munnen för att säga något, men fick inte fram ett ord. Det var besökaren som bröt tystnaden som uppstått.

"Har jag kommit rätt, är du Hanna Almgren?"

Damen svarade med en nick och tillade vagt:

"Kom med upp till mig, vi har nog en del att prata om."

Kvinnan, som hon dock inte visste namnet på, steg innanför porten och gav plötsligt Hanna en kram. Hon blev alldeles stel i kroppen, hjärtat bultade och hon visste inte vad hon skulle säga. Samtidigt som de tillsammans sakta gick uppför trapporna, fick Hanna perspektiv på det som hände. Hon lade inte märke till att barnet hade slutat gråta, utan var koncentrerad på kvinnan vid sin sida. Hon såg sin hand öppna dörren till lägenheten och bjöd med en gest in besökaren.

De satte sig i köket, Hanna hörde kranen droppa, kylskåpets brummande, men försökte koncentrera sig på kvinnan hon undrat över i så många år och som nu satt i hennes kök. Hon lade sina händer i knäet för att dölja sin nervositet. En lång stund gick innan hon lyckades forma de första orden:

”Hur hittade du mig?”

Den yngre kvinnan, som fäst blicken på den vissnande blomman i köksfönstret, vände sakta på huvudet. Hanna tänkte att hon behövde köpa en ny krukväxt under morgondagen.

”Av en ren tillfällighet egentligen”.

Den gamla damen reste sig upp, gick mot diskbänken och kranade upp vatten till kaffekokaren. Hon behövde hålla händerna sysselsatta, för att det inte skulle märkas hur nervös hon var inför alla frågor. Men hon tänkte säga precis som det var, nu fanns det ingen återvändo längre.

Hanna tog fram var sin kanelbulle ur frysen, tinade dem i mikrougnen och hällde upp kaffe. Hon samlade tankarna och funderade över hur hon skulle börja sin berättelse.

1

Tidigare

En svart rök steg rakt upp mot himlen när farten ökade och loket lämnade stationen. Ekipaget, som bara utgjordes av två vagnar, skulle köra den korta sträckan till Mölle, med tre stopp längs den smalspåriga banan. De gröna gardinerna i fönstren rörde sig i takt med vagnens rörelse. Väggarna var målade i en ljus färg som påminde om ek, på golvet fanns gummimattor. Så hade det sett ut nu i tjugo år, sedan järnvägens tillkomst i bygden.

På ett säte av brunrandigt material satt Anna, som var på väg till Nyhamnsläge, två stationer bort. I famnen höll hon en tygväska med kläder och hygienartiklar. Den rödrutiga bomullsklänningen hon hade på sig var nytvättad och var tänkt att ge ett gott intryck. Det blonda håret hade hon flätat på morgonen. Ett foto av mor och far låg överst i väskan, tillsammans med psalmboken från konfirmationen. Övriga passagerare kunde ana en förväntan i flickans ögon, när de tysta iakttog sina medresenärer.

Denna måndagsmorgon var det endast ett fåtal passagerare i vagnen. Hon såg ut genom fönstret mot Öresund och kunde svagt urskilja Danmark långt borta. Solen gjorde sitt bästa för att tränga bort morgonens dimmoln. När tåget passerat Strandbaden gjorde hon sig beredd att snart stiga av. En kort promenad från stationen fanns den gård hon nu skulle arbeta på framöver. Hon kände sig som en resenär på väg ut i det okända. Bort från föräldrar och syskon. Bort från hemmets trygghet.

En pirrande känsla for genom henne. Nu skulle hon för första gången i livet klara sig själv. Arbeta hårt och tjäna egna pengar. Anna hade blivit glad när hon fick anställning hos Lundbergs på gården i den lilla byn. Vuxenlivet hade just börjat.

Några av hennes skolkamrater hade fått anställning på Arnbergs korsettfabrik som *putsflickor,* men det var inget för henne. De satt hela dagarna och klippte bort trådar från plaggen, som därefter paketerades till försäljning. Dessutom var flickorna hänvisade till att bo hemma hos sina föräldrar, tills de hittade en lämplig man att gifta sig med och flytta hemifrån. Direkt efter skolavslutningen hade hon också arbetat där, men efter ett halvår hade hon tröttnat på det enformiga arbetet. Hon ville ha en friare sysselsättning och sökte därför platsen som piga hos Lundbergs.

Anna var fast besluten att klara av sitt arbete på gården. Hon hade fått lova sina föräldrar att komma hem första söndagen och berätta om sitt arbete. Modern hade gett henne fem kronor att ha till hjälp innan första lönen kom. På Sparbanken hade hon hela fyrtio kronor insatta, häftet som bevisade det förvarade hon längst ner i tygväskan.

Hennes föräldrar, Alma och Herman Nilsson blev också nöjda, mest för dotterns skull givetvis. Men också för att det skulle underlätta med en familjemedlem mindre att försörja. Den knappa lönen från *Bolaget* räckte dåligt till en familj på fem personer. Alma hade visserligen ett städarbete en dag i veckan hos skeppsredare Sjöberg och kunde på så sätt utöka hushållskassan, så att de alltid hade mat på bordet. Maten var enkel, men det gick inte någon nöd på dem.

Huset på Bruksgatan var litet och trångt, två rum och ett minimalt kök. Inför natten inreddes rummen till sovplatser för familjen. Vid sidan av utedasset längst ner i trädgården, hade några hönor och kaniner sina burar, de hade skaffat dem för att dryga ut maten. Nu när Anna och hennes syster inte bodde hemma längre, var de bara fyra som skulle dela på utrymmet i huset och framtiden såg lite ljusare ut, tyckte Herman.

Om det bara inte hade varit för den förbannade hostan och besvären med reumatismen. Men trots allt gav han sig ibland på sin fritid iväg med sin lie, bort till *Ärtan och Bönan*, två gamla nerlagda gruvor. Slog lite grönt, som han körde hem i skottkärran till sina höns och kaniner. Han kände en viss frihet i utflykten och glömde för stunden sin värk. I stugan eldade de med flis i kaminen, så att han fick den värme som behövdes för att uthärda. Ibland stod Herman med ändan mot kaminen för att värmen skulle lindra värken. Så hade de levt sina liv i många år och såg ingen ändring i sikte.

Trots den kärva ekonomin hade de nyligen installerat telefon i bostaden. Det var Herman som var bestämd på den punkten. Nu när barnen började flytta hemifrån, ansåg han det var viktigt att kunna ringa varandra. Samtalets längd noterades noga i en liten svart bok, för att stämma av när räkningen kom.

2

Lundbergs gård låg vackert i utkanten av byn, nära *Svarta Halla*, ett område med lerskiffer, som tryckts upp av havsvågor och bildat en svagt sluttande ås. Mellan de låga klippstenarna fanns små laguner, där tång och snäckor som spolats upp av stormar dröjde sig kvar. Änder, strandskator och fiskmåsar hittade sina favoritplatser där. Gråhäger var också vanligt förekommande. Man kunde se dem stå blickstilla på en sten i vattenytan, för att sekunden efter göra en blixtsnabb dykning efter fisk.

Vinden, havet och de betande djuren bidrog till skapandet av öppna hedar, som lyste gult av gulmåra och trift. Vindpinade buskar av slån, nypon och fläder förekom i stort antal, en hemvist för gulsparvar, gärdsmygar och andra småfåglar.

Huvudbyggnaden i rött Helsingborgstegel låg majestätiskt med utsikt över Öresund. Tidigare hade den varit en arrendegård inom Krapperups gods, men för tjugo år sedan blivit friköpt, när det blev tillåtet enligt lag. Gården drevs nu av tredje generation Lundberg.

Mitt på gården fanns ett stort kastanjeträd, som gav skugga och svalka. Stall och en gårdslänga utgjorde de övriga byggnaderna. I längan med redskap hade gårdens enda dräng, Anders ett rum i bortre ändan. På gaveln närmast huvudbyggnaden fanns Annas kammare och Nanny, som var hushållerska, hade sitt rum nära köket i huvudbyggnaden. Allt efter rangordning och ingen kom på tanken att klaga. Man inrättade sitt liv och arbete efter husets regler.

Annas rum var inte stort, men möblerat med säng, en fåtölj, byrå och ett litet bord. De blommiga tapeterna såg gamla ut, men hon fick ändå snart känslan av ett eget hem. En liten kokplatta så hon kunde koka sig en kopp te och en vask där hon kunde tvätta sig. För övrigt var det mycket spartanskt, men fullt tillräckligt. Utedass fanns om hörnan på längan.

Eftersom Anna skulle hjälpa till i köket var det meningen att hon skulle äta sina måltider där. Då kunde hon få tillgång till en riktig toalett, en verklig lyx, som hon inte var van vid. Hon placerade sina kläder i byrån, med foto-grafiet av föräldrarna på spetsduken som låg ovanpå. Öppnade det enda fönstret och vädrade ut instängd lukt.

Hon kom snart in i arbetet och trivdes bra med Nanny, som varit i tjänst på gården de senaste fem åren. Trots åldersskillnaden förstod de varandra bra. Nanny hade aldrig varit gift, tyckte inte att hon träffat den rätte ännu, berättade hon. Hennes familj fanns i Göingebygden, på andra sidan Skåne. Hon hade två äldre syskon, som flyttat till Kristianstad, medan föräldrarna fortfarande bodde kvar.

Anna märkte att hon inte gärna ville prata om sitt tidigare liv där borta och ville inte pressa henne med frågor. På kvällarna berättade Nanny för Anna om regler och annat på gården, för att göra henne väl förberedd på hur allt fungerade. Hon hade också några varningens ord till Anna.

"Se upp med Lundberg, han gillar unga flickor," sa hon utan att gå närmare in på detaljer.

Anna kunde ana att han tidigare tafsat på Nanny och kanske gått ännu längre, men ville inte fråga. Anna hade nog märkt att hans blickar ofta dröjde sig kvar på henne och hans smiskande leende var svårtolkat.

Annas anställningsvillkor innebar att hon skulle städa, tvätta och diska. Dessutom fanns arbetet med hönsen på hennes lott och på våren hjälpa till att gallra betor. Sommartid gällde potatisplockning. Vintertid skulle hon vara Nanny behjälplig med brödbak och annat i köket. Mjölkningen skulle hon slippa, det fanns andra flickor som kom till gården och utförde dessa sysslor. För sitt arbete skulle hon få tjugo kronor i månaden, plus mat och logi. För Anna var detta en svindlande summa och hon började planera för hur mycket av sina pengar hon kunde spara.

Fru Lundberg var ofta sjuklig och sängliggande i olika åkommor. Nanny menade att hon var en hypokondriker. Men Anna tyckte bra om henne, något som visade sig vara ömsesidigt efter några dagar. När Siri Lundberg var frisk kunde hon sätta sig en stund vid pianot och spela vackra melodier. Anna lyssnade med andakt, det lät så vackert och såg enkelt ut, när hennes fingrar dansade över tangenterna.

Fru Lundberg anade Annas blickar och kallade henne till sig. Hon lärde henne en enkel skala och en melodi och ville gärna ge henne fler lektioner, när inte arbetet hindrade. Anna lade märke till hennes smala vita fingrar, som tycktes ovana vid hårt arbete. Siri Lundberg överlät allt hushållsgöra åt Nanny, nu med assistens av Anna. Själv kunde hon på sin höjd tänka sig att plocka in blommor från trädgården och arrangera i olika vaser i hallen och vardagsrummet. När hon inte var sängliggande förstås.

3

Sommardagen var varm och skön. Det var söndag i hennes fjärde vecka, hon var ledig från arbetet. Anna åkte inte hem till föräldrarna varje helg och den här ledigheten ville hon tillbringa med nyfunna vänner från byn.

En av dem var gårdsägare Lundbergs äldste son, Oskar. Han var jämngammal med Anna och tog henne med ner till havet vid *Branta backen*, där det fanns en sandstrand. Några kamrater till Oskar fanns redan på plats. Anna blev genast bekant med Lisa och Emma, som var fosterbarn hos sin moster Britta. Efter badet tog de fram medhavda smörgåsar och pojkarna drog fram pilsnerflaskor ur fickorna.

Anna var lycklig över att vara del i deras kamratskap och ville inte att dagen skulle ta slut. Det slitsamma arbetet var som bortglömt, hon kände en djup tillfredsställelse av friheten att vara ung. Borta vid *stelorna* var inga fisknät uppspända för tork just denna dagen, så de utnyttjade gräsplätten för en stunds brännbollsspel. Någon hade slagit gräset med lie och det doftade gott, med blandning av lukten från havet strax intill. När kvällen började närma sig skiljdes alla åt. Det gällde att komma i säng tidigt, väckarklockan skulle ringa redan halv sex nästa morgon.

Anna och Oskar gick tillsammans på vägen förbi den lilla hamnen, som egentligen bara var en vik, skyddad av nordliga havsvågor av stenblock och en murad stenpir. Några fiskmåsar skränade plötsligt. En fiskeskuta kom tuffande in. Det märktes att fångsten blivit bra, båten låg djupt i vattnet.

Under promenaden hem berättade Oskar, att det förväntades att han skulle arbeta på gården och så småningom ta över, men han hade andra planer. Om några veckor skulle han gå ombord på ett fartyg som fraktade kol till hamnar längs den svenska kusten, för att tjäna ihop lite pengar. Skeppare Carlström på fartyget *Nyhamn,* hade lovat honom tjänsten.

Därefter hade han ett vagt löfte av bygdens berömde fotograf Lind, att efter en kort utbildning få tjänst på en av hans ateljéer i Arild. Oskar såg med stum beundran, hur Lind lyckats att med sin konst bilda sig en smärre förmögenhet. Men det var inte enbart pengarna som hägrade, utan själva fotograferandet intresserade honom enormt. Han drömde om att kunna skaffa sig en kamera så småningom.

Rune Lind hade under några resor med skepp över Atlanten hamnat i länder, där han väckt uppståndelse med sin förmåga att teckna och skapa bilder. Oskar såg sin framtid utstakad redan nu vid sjutton års ålder. Anna lyssnade intresserat och beundrade hans iver att lära sig ett yrke. Hon kramade hans hand.

På gården var det tyst och stilla. Vid denna tidpunkt på söndagar tycktes allting avstanna, det var som ett andningsuppehåll inför kommande arbetsvecka. En sval sommarvind smög sig mellan längorna, luften var mättad av doften från åkrarnas grödor. Solen var fortfarande uppe, men skulle om någon timme gå ner borta vid Kullaberg. Anna plockade några jordgubbar från köksträdgården och de satte sig i den vita trädgårdssoffan vid husväggen och lät sig väl smaka. Gårdsplanen var krattad och andades söndagsfrid. Längre fram skulle hon komma att minnas den stunden.

4

$\mathfrak{V}$eckan hade gått som en dans. Anna var upprymd över vänskapen med Oskar, som hon nu varit kär i över en månad. Förra söndagens händelser fanns så detaljrika kvar i hennes minne. Hon hade gett efter för Oskar inne i sin kammare. Visst ångrade hon sig strax efteråt, men ville ändå inte ha det ogjort.

De hade suttit på hennes säng, så nära varandra att hon kände lukten av hans hår, hans kropp och en svag doft av tvål. När han kysste henne på halsen, kände hon en lätt skälvning gå genom kroppen. De hade älskat med en blandning av starkt begär och varsam ömhet. Tre dagar senare kom han in till henne när alla hade lagt sig till ro.

Denna söndagsförmiddag var Anna på väg till Erland Lindströms hus, där Britta var hushållerska åt honom. Hon bodde i hans hus i närheten av Pensionat Strandhem, efter att hon blivit änka och hade tagit sina systerdöttrar till sig som fosterbarn. Erland trivdes bra med arrangemanget, nu hade han plötsligt tre kvinnor i huset, efter att ha varit ungkarl i hela sitt liv. Lisa och Emma hade ingenting emot det heller, deras moster var omtänksam och snäll och ville bara deras bästa. Erland gjorde vad han förmådde för att spela rollen som familjefar. Oftast gick det bra, även om han inte riktigt kunde förstå sig på kvinnor, efter alla ensamma år i huset.

Anna tog en omväg ner längs strandkanten, mot den lilla hamnen. Dagen var varm och stilla, med dofter av nytjärade skutor och tågvirke impregnerat med trätjära. En tross gnisslade, ett skavande ljud från en skuta som red mot en annan, uppstod i tystnaden.

En fiskare tömde en hink fiskrens överbord från sin båt och några sekunder senare dök en flock måsar från ingenstans ner och glufsade i sig innehållet. Deras skränande läte blev en högljudd kontrast till det stilla vågskvalpet utanför. Hon skyndade vidare upp för backen, tog till höger vid *glada hörnan* och var framme vid Lindströms hus.

Britta hade gjort iordning var sitt smörgåspaket och en flaska saft, som de omsorgsfullt packade ner i en liten väska. De gick på bygatan, eller *Victoriaesplanaden*, som den berömde hovfotografen Lind ville döpa den till efter drottning Victoria. Han ansåg att han, med ett nyligen förvärvat markområde i byn, hade rätten att bestämma namnet på gatorna. Många tyckte dock att det var alltför pretentiöst och opassande namn på en gata i byn.

De hörde tåget komma och fick småspringa sista sträckan, för att hinna fram till stationen i tid. Stinsen Frans Selander stod med sin flagga på perrongen och inväntade tåget. Snart skulle han sedvanligt svänga den vitgröna spaden, som ett tecken på avgång.

Naturen rusade förbi utanför fönstret. Vetefälten lyste i guldgult, korna betade på ängarna med Bräcke mölla som en ståtlig kuliss i bakgrunden. Västerut fanns havet. Fönstret i deras kupé var öppet och gav skön svalka i vagnen. De tre vännerna fnittrade, när vinden rufsade till deras hår. Efter Krapperups station passerade tåget en liten skogsdunge innan de var framme i Mölle.

Anna hade varit där en gång tidigare och blivit överförtjust i det lilla fiskeläget, som växt upp med många hotell och pensionat, för att tillgodose alla turister som anlände. Många tyskar letade sig dit, efter den tyske kejsaren Wilhelms besök långt tidigare. När han återvänt till hemlandet hade han gjort stor reklam för orten, några timmars tågresa bort. Följden blev en stor invasion av tyskar och Mölle fick anpassa sig från fiskeläge till turistort. Till gagn för hotellnäringen som blomstrade upp, med nya hotell och pensionat.

Tyvärr hade tyskar förbjudits utresa när nazisterna tagit makten i sitt land. Mölles hotellverksamhet gick på sparlåga, några fick bomma igen, andra kämpade för sin överlevnad och försökte hitta andra vägar. Visserligen kom svenska turister hit, men inte i samma mängd. Livet började återgå till det normala, invånarna var nöjda.

Men denna dagen var det många som kommit för att se den svenska simmerskan Sally Bauer göra en kortare simtur mellan Mölle och Ransvik, mest som en uppvisning förstås. Hon hade tidigare simmat över Öresund och hade planer på att bli den första att simma över engelska kanalen. En betydligt längre sträcka än den hon skulle göra i Mölle.

Flickorna hittade en bänk att sitta på nära hamninloppet, med bra utsikt bort mot Ransvik, med sin klippbadvik två kilometer bort. De kunde se folksamlingen vid kaffestugan, där målet för simningen fanns. Så kom Sally, lät sig fotograferas och applåderas som en filmstjärna, dessutom intervjuas av en radioreporter. Hon drog på sig en röd badmössa, innan hon kastade sig i vattnet och kraftfullt simmade iväg. Folket jublade och ropade uppmuntrande ord. Vid hamninloppet var det kraftig sjö, som tidvis fick henne att försvinna i vågorna, men strax såg man den röda badmössan igen.

Det var folkfest i Mölle. Flaggspelen vajade i den svaga vinden. En musikorkester spelade kända melodier, som uppskattades av de flanerande människorna. Flickorna gick bort mot Hotell Kullaberg, där en stor del av personalen, som inte direkt var upptagna av att färdigställa dagens lunch, befann sig för att se på spektaklet. En del av besökarna med tillräckligt stor plånbok, passade på att äta en lunch inne i den ljusa verandan.

Flickorna frågade en spinkig yngling om det fanns glass att köpa i Mölle. Pojken vid namn Agne, visade vara från Helsingborg och sommarjobbade som smörgåsnisse på hotellet. Han tittade blygt på flickorna och bad dem vänta. Efter en stund kom han ut med tre våffelstrutar med glass till dem. Flickorna fnittrade och ville betala för glassen. Men han förklarade att han hade fri glass som en anställningsförmån. De rodnade lätt och tackade Agne, som stod kvar och såg efter dem.

De strosade runt i Mölle hela eftermiddagen, åt sin medhavda matsäck och såg på alla upprymda människor, som samlats i hamnen. Anna spenderade tio öre på en lott i en tombola och vann en chokladask. När dagen började övergå till kväll tog de trötta och belåtna tåget tillbaka till byn.

På gården väntade Oskar tålmodigt och drog iväg med henne när hon kom hem. Han hade en sak att berätta för henne.

5

Senare

Det första hon såg när hon öppnat dörren, var en resväska. Hon stelnade till och sökte i minnet om det var något hon missat. Ett ljud hördes från badrummet och strax kom mannen ut i hallen och fick syn på henne. De stirrade på varandra ett ögonblick under tystnad. Hon var fast besluten att inte fråga, tänkte vänta på hans förklaring. Han fumlade med sin necessär, som han omsorgsfullt stoppade ner i en mindre väska, medan han tycktes fundera på vad han skulle säga. Hon fortsatte att tigande se på honom, rörde inte en min. Samtidigt kände hon irritationen komma.

"Jag åker iväg till ett viktigt möte i Göteborg några dagar."

"Vad då för möte? Det har du inte berättat något om."

"Nej, jag vet, det kom hastigt på. Martin skulle åka, men fick förhinder. Jag är ju chef och måste ersätta honom, det förstår du väl?"

Karin visste inte vad hon skulle säga, ville inte förstå. Hon var så trött på att hans arbete alltid kom före allt annat. Henne var det inte så noga med nuförtiden. Hennes drömmar betydde ingenting för honom längre.

Annat var det när de gift sig och bildat familj. Då kunde de under sena kvällar planera för sin gemensamma framtid. Hon hade berättat om sina drömmar och han hade lyssnat. Han hade till och med kommit med olika förslag, på hur drömmen skulle kunna genomföras. Men kanske han bara spelat ett falskt spel och låtit henne hålla på.

Hon hade skyndat hem från arbetet på serveringen. Eftermiddagen var behagligt varm, bara lätta molntussar syntes på den i övrigt klara sommarhimlen. Det hade varit många gäster till lunchen från campingen intill. Turister började fylla på med sina rullande ekipage. De vanliga stamgästerna var många. Karin trivdes med sin halvtidstjänst. Men det var konst hon ville ägna sig åt. Tre år på konstfack hade gjort henne till en duktig konstnär, men förstod att det var svårt att leva på sin konst. Men hon var beredd på att snart ta steget och försöka. Barnen var utflugna, båda bodde nere i Skåne. Sonen arbetade på ett dataföretag i Malmö och dottern studerade till högstadielärare i samma stad.

När hon svängt in på uppfarten en stund tidigare, såg hon mannens blå Audi stå parkerad utanför garaget. Hon tittade på klockan, men den gav henne inget svar. Hon satt kvar en stund i bilen, såg gräsmattan som behövdes klippas, gavlarna som var i behov av målning. När hon nämnt underhåll av huset för ett halvår sedan, hade han bara grymtat något till svar. Medan hon gick upp för trädgårdsgången tänkte hon be honom klippa gräset. Hon skulle laga en god middag och ta fram en flaska vin. Därefter hade hon tänkt delge honom sina idéer, att ge sin konst en chans genom att öppna ett galleri.

"Jag har faktiskt något jag ville berätta för dig idag." Hon ville testa hans intresse och om möjligt ge honom dåligt samvete.

"Kan vi ta det på söndag när jag är hemma igen. Var det något viktigt?"

"Ja det var viktigt för mig, men det bryr du dig ju inte om. Förresten behöver gräsmattan klippas." Karin kände att hon ville provocera honom nu. Irritationen kändes som en klåda i huden.

Han suckade tungt, medan han tog tag i sin resväska, gav henne en lätt puss i pannan och gick mot dörren. Så var han borta. Hon stod kvar, såg mot den stängda dörren och undrade om det var så här livet skulle fortsätta.

Karin sjönk ihop på en stol. All glädje och hoppfullhet var som bortblåst, ersatt av frustration och ilska.

Hon tänkte på tiden i Stockholm, där hon gick på Konstfack och de träffades på en fest. Han studerade på KTH och hade verkat så trevlig. De träffades igen en kväll, när han bjöd ut henne på en middag. Sedan dess var de ett par.

Ett år senare flyttade de ihop och gifte sig efter ytterligare två år. Då var de klara med sina utbildningar och fått arbete. När så ett erbjudande om arbetet på arkitektfirman i Nässjö dök upp, bestämde de sig för att flytta dit. Nu var han chef på firman och tydligen oumbärlig, efter hans sätt att se på det.

Allt hade varit så enkelt och lustfyllt på den tiden. Även när barnen var små och krävde mycket av deras energi. De hjälptes åt och såg inga svårigheter längs vägen. De lyssnade och stöttade varandra. Men det var annorlunda nu. Det kändes som om de var på väg ifrån varandra. Livet hade blivit ensamt efter att barnen flyttat hemifrån och levde sina liv.

De hade inte haft något större umgänge, förutom med mannens affärsbekanta med fruar. Barnen lekte visserligen med andra barn i kvarteret, deras grannar umgicks, männen grillade och drack öl på helgerna, tittade på fotboll. En gemenskap som de aldrig lyckats ta sig in i, trots försiktiga försök. Vid ett tillfälle bjöd de hem grannarna på en liten fest med vin, potatissallad och grillat i ett tält i trädgården. De hade kommit och gått igen och ingenting hade förändrats. Hon kände sig fortfarande ensam.

De hade mycket att arbeta med framöver om de skulle få tillbaka den fina relation de haft tidigare. Det var hon klar över. För egen del var hon beredd att kämpa, även om det skulle krävas mycket tålamod.

Maten hon köpt på vägen hem packade hon in i kylen och frysen. Hastigt fick hon en idé, ringde en väninna från åren i Ängelholm, där hon växt upp. De hade hållit kontakten och Karin visste att Eivor var frånskild. Som tur var hade hon inget för sig under helgen, så visst Karin var så välkommen ner till Skåne. De kunde ju gå på Klitterhus, äta och dricka några glas vin. Eivor hade gott om plats i villan i Skälderviken, så något hotell var det inte tal om. Dessutom fanns restaurangen på gångavstånd.

Karin blev upprymd av deras beslut och började packa en väska inför morgondagens körning söderut. Hon planerade att först hälsa på sin demenssjuka mor på Solängens vårdhem, innan hon anlände till Eivor.

6

Tidigare

Oskar stod vid kastanjeträdet och väntade. Han tog Anna med bort mot *Svarta Halla*. De satte sig i gräset och såg mot solnedgången vid Kullaberg.

Augustikvällen var fortfarande varm och skön. Bara en svag bris från havet krusade havet, där en flock änder höll till i en vik. Oskar höll armen om henne.

"Jag har pratat med fotograf Lind igen. Han berättade om sin spännande resa, som han gjort som ung och fick mig intresserad att göra detsamma. Han uppmuntrade mig faktiskt till det och förklarade att jag var välkommen som lärling hos honom, när jag är tillbaka. Det är ju väldigt långt bort och jag är nog borta ett år minst. Men detta är min chans att se världen. Hoppas du väntar på mig."

Anna lyssnade och gladdes åt hans entusiasm, samtidigt som hon förstod att hon inte skulle träffa honom på överskådlig tid. Hon ville inte visa sin besvikelse, utan sade att hon var glad för hans skull. Han kysste henne och hon kröp in i hans famn. En oroskänsla kom för henne, hon kände sig plötsligt osäker och rädd. Vem skulle hon nu ty sig till, när Oskar var borta? Hon hade ju Nanny förstås, men det var inte detsamma. På kvällarna skulle hon vara ensam i kammaren. Ensam med sina tankar. Ingen Oskar att vara tillsammans med.

"Nästa vecka åker jag med Carlström och hans skuta på några koltransporter till olika hamnar, innan jag mönstrar på i Karlskrona om en månad."

Oskar såg drömmande ut över havet. Anna såg också samma hav, horisonten suddades ut, gränslinjen någonstans mitt i havet. Hon ville inte ta glädjen från honom. Men ett år var en lång tid. Solen hade gömt sig bakom berget, det blev kyligare. De satt tysta sida vid sida, fullt medvetna om att de snart skulle vara åtskilda för en väldigt lång tid. En liten nyckelpiga kröp på hennes arm och hon lät den hållas. När den nådde handen fortsatte den på ovansidan, medan hon lyfte armen uppåt. På hennes pekfinger tvekade den en stund innan den ljudlöst flög iväg.

*

Kvällen innan Oskar mönstrade på Carlströms skuta kom han in till henne i kammaren. Inte förrän det började ljusna smög han ut därifrån och in i huvudbyggnaden.

Han såg inte fadern som stod vid fönstret på andra våningen och såg Oskar komma ut från pigans rum.

Arbetet fortsatte som vanligt på gården för Anna. Hon hade vid det här laget blivit varm i kläderna och klarade av sina uppgifter bra. Som tur var hade hon Nanny som sin vän och kunde anförtro sig för henne. Hon berättade om Oskars planer och att de höll av varandra, men gick inte in på detaljer. Kanske förstod Nanny ändå, men visade inget.

Fru Lundberg var sängliggande igen och maten skulle bäras upp på en bricka till henne, något som Anna gärna gjorde. Frun såg blek ut, men Anna ville inte fråga vad som fattades henne. En timme senare tog hon ner brickan igen, maten var nästan orörd. Hon mötte gårdsägaren i trappan och fick nästan trycka sig ut över räcket för att komma förbi honom. Doften av rakvatten kunde inte förtränga en frän lukt av svett och snus från Lundberg. Utan ett ord gick han förbi henne.

Två dagar senare var Nils Lundberg på ett bättre humör. Det skulle ställas till en fin middag till kvällen, då två tyska officerare med hustrur var inbjudna. Fru Lundberg hade tillfrisknat, kanske med mannens stränga order, så att hon kunde vara med. Hon hade på eget initiativ gett sig ut i trädgården och tagit in dahlior och rosor till bordsdekorationen. Siri verkade nöjd, när hon överblickade arrangemanget. Anna var förvånad över att hon tillfrisknat så fort.

Nanny hade fullt upp i köket med alla förberedelser och tog tacksamt emot Annas hjälp. Först skulle det serveras tre kräftor på varje tallrik, därefter kalvstek med potatis, gräddsås och inlagd gurka. Som dessert en fluffig omelett fylld med bär. Maten skulle sköljas ner med öl och snaps. Anna rättade sig efter Nannys direktiv, för att lära sig matlagningens svåra konst. Hemifrån hade hon inga kunskaper om så här fina middagar. Gröt och stekt sill med potatis stod ganska ofta på menyn. I köket pratade de viskande om gästerna, som snart skulle anlända.

 ”De är visst Nazister”, påstod Nanny, som hade bättre inblick i det politiska skeendet i Tyskland.

Själv lyssnade Anna inte på nyheterna, men hörde ibland om händelser i utlandet, utan att riktigt förstå innebörden. Nanny hade snappat upp ett samtal som Lundberg hade fått några dagar tidigare. Han hade nästan stått i givakt, när han på dålig tyska gjorde sig förstådd. Nanny hade skrattat i smyg och av samtalet att döma hade hon bilden klar för sig.

Gästerna anlände från Mölle, där de tagit in på hotell. I kraft av sin politiska ställning, som männen markerade med att bära uniform, ansåg de sig själva utanför de lagar om utreseförbud, som drabbat tyskar i allmänhet och därmed också verksamheten för hotellen i Mölle. Hotellägarna såg inte med blida ögon på deras besök, men visade ingenting. De gillade inte tyska Nazister.

Ryktet om Nils Lundbergs sympatier med Nazisterna hade spridit sig med vindens hastighet. Ilskan kokade i Mölle. Man gjorde Lundberg indirekt ansvarig för det klena turistunderlaget på senare tid. Själv var han omedveten om detta. Eller så brydde han sig inte.

Gästerna fick av sig ytterkläderna och visades in till värdparet i ett angränsande rum. Anna darrade av nervositet inför deras entré. Hon hade vid något tillfälle sett svenska soldater, men dessa högdjur var en klass för sig. Arroganta och likgiltiga. Deras fruar var inte bättre, de satte näsan i vädret och behandlade tjänstefolk som luft.

Anna och Nanny hjälptes åt att servera. Vid bordet fanns även Oskars yngre bror Karl, som trots sin ålder tycktes trivas i sällskapet. Han blev dock inte serverad någon snaps. Fadern menade att han fick vänta tills han fyllt sexton. Anna önskade att Oskar varit där och att hon fick servera honom. Hon tyckte illa om Karl, han var otrevlig, med nedlåtande blickar och tycktes ha många likheter med sin far.

I köket fanns ingen ro att äta, bara drängen Anders åt med god aptit och fick dessutom på Nannys ansvar en sup. Själva hade de inte tid att äta, utan hade fullt upp med att servera gästerna.

Kvällen blev lyckad, Anna råkade visserligen tappa några kräftskal vid avdukningen, men det passerade bara med några lustigheter från gårdsägaren, medan Anna rodnade.

"Nu blev du lika röd som kräftan", dundrade Lundberg och skrockade belåtet åt sitt skämt. Tyskarna förstod inte det roliga, så skratten uteblev. Efter måltiden spelade Siri Lundberg piano en stund, innan det blev kaffe och konjak i sällskapsrummet. Nanny dukade upp av maten till dem båda i köket, medan hon viskande anförtrodde Anna vad hon visste om Nils Lundbergs anknytning och intresse av nazismen i Tyskland.

"Man vet inte vad man skall tro, det kan kanske få Tyskland på rätt väg, eller så kommer något farligt från en sådan anslutning. Det är vad jag hört folk säga."

Det blev sen kväll innan Anna kom till ro, den stora disken skulle klaras av och Nanny och hon hjälptes åt med den. Hon tänkte på Oskar, längtade efter honom. Utmattad sjönk hon ner i sin säng, i vetskap om att klockan skulle ringa fem timmar senare. Hon somnade direkt.

7

Senare

I dagrummet på vårdhemmet Solängen satt hennes mamma i en fåtölj. Ester hade på sig en klänning med röda blommor och en gråblek kofta. Håret hade samma färgton och ramade in det fårade ansiktet. Hon var mätt efter lunchen och höll på att slumra till, när hennes dotter Karin kom in på avdelningen. Ester tittade förvirrat på den yngre kvinnan, som hälsat på henne med ett leende. Hon samlade tankarna.

"Är du ny här?"

" Nej mamma, jag är ju din dotter Karin."

"Ja, det ser jag väl", försökte hon, men hade redan avslöjat sig.

"Är Åke och Lennart också med?"

"Nej, mamma det är de inte."

Alltid samma frågor om hennes make och son, som gick bort så tragiskt för många år sedan i en bilolycka. De hade varit på väg hem från Örkelljunga, då en stor lastbil kom över på fel sida av vägen och frontalkrockade med deras bil. Esters man som körde bilen omkom direkt, medan Lennart dog en vecka senare. Skadorna var för svåra, han vaknade aldrig upp från respiratorn. Ester gick igenom en svår period och tappade många kilo. För fem år sedan började demenssjukdomen göra det omöjligt för henne, att klara sig på egen hand. På Solängen fick hon den bästa vård man kunde tänka sig. Till en början trivdes hon inte och ville hem. Ibland resulterade det i att hon rymde från hemmet och irrade runt på det stora sjukhusområdet. Men med tiden accepterade hon till Karins glädje, sin situation.

Karin försökte hälsa på henne så ofta hon kunde, trots avståndet till Ängelholm. Mamman hade inte några släktingar i närheten, två av hennes syskon var döda. En bror var sjuk i cancer och bosatt i Östersund, den andre befann sig utomlands. Karin trodde det var i USA. Hon hade ingen närmre kontakt med någon av dem, så Karin hade hela ansvaret.

Ester såg på nytt på Karin och försökte formulera orden, som var främmande i munnen. Det hade gått tre dagar utan att hon pratat med någon, bara vagt svarat på sköterskornas frågor om hur hon mådde.

"Åke och jag... blev så glada"....

"Vad menar du mamma?"

"Vi sa till Lennart... detta är din syster."

Karin log mot sin mamma och kramade henne. Ibland snurrade det till i huvudet på henne och hon uttryckte sig på ett underligt sätt. Det hörde till vanligheterna numera. Ingenting att fästa sig vid.

De drack kaffe tillsammans med de övriga på hemmet, innan Ester blev trött och måste vila. Karin följde den bräckliga kvinnan till hennes rum, hjälpte henne försiktigt upp i sängen, rädd att ta i för hårt i den sköra kroppen. Hon strök henne över kinden. Karin undrade för sig själv var den nya koftan hon köpt till födelsedagen fanns.

8

Tidigare

Anna saknade sin Oskar. Det var inte detsamma längre när hon träffade de andra kamraterna och spelade brännboll, eller bara umgicks nere vid havet. Men Lisa och Emma var hennes bästa vänner och ibland var hon borta i Lindströms hus, där Britta såg till att de fick nybakade bullar och lemonad.

De två systrarna var några år yngre än Anna och hade ännu inte några pojkvänner, men de sneglade ofta och fnittrade förtjust, när någon tittade lite extra på dem. Anna ville inte anförtro sig åt dem, om att hon och Oskar hade varit intima flera gånger, det var hennes egen lilla hemlighet. Hon inbillade sig att Nanny förstås anade något, men de hade försökt göra sina möten så hemliga som möjligt. Oskar hade smugit in till henne, när han var säker på att ingen såg det.

Hon hade inte hört något från honom på en tid nu och antog att han snart skulle mönstra på det där skeppet till Brasilien. Namnet på landet lät så främmande och exotiskt i hennes öron. Visserligen hade de läst om Sydamerika på geografilektionerna i skolan, men det mesta hade hon glömt. På gården fanns en samling böcker i sällskapsrummet och hon hade fått fru Lundbergs tillåtelse att låna en kartbok, för att förstå var hennes Oskar skulle befinna sig framöver.

Siri Lundberg var bättre nu och hade lärt Anna nya skalor och några lätta melodier att spela på pianot. Lundberg själv muttrade oftast då och gick till ett annat rum.

Anna funderade på vad Nils Lundbergs kontakter med de där tyskarna gick ut på. Ibland talade han i telefon och hon kunde höra hur han på knackig tyska pratade med någon om viktiga saker. Vid de tillfällen då hon försiktigt kikat in genom dörrspringan till hans kontor, kunde hon se honom verka nästan undfallande. Röd i huvudet medan han gestikulerade med armarna.

Nazister hade Nanny sagt och Anna påminde sig om att fråga henne vid något lämpligt tillfälle. Själv hade inte Anna läst tyska i skolan, bara några lektioner i engelska det sista året. Hon drömde om att kunna resa ut i världen med sin Oskar, när han var tillbaka. Hon var sparsam och hade nu en hel del pengar på sparbanksboken. Men det skulle klart dröja och hon hade ett arbete att sköta.

Motvilligt klädde hon sig i arbetskläderna, såg ut genom

det lilla fönstret i kammaren och lade märke till att det började blåsa rejält. Bäst att skynda sig ut till hönsen och ge dem mat, innan hon själv fick någon frukost. Förklädet slet i vinden när hon gick över gården. Nanny var säker redan uppe och hade kaffet färdigt på spisen till drängen och gårdsherre Lundberg.

Dagen före hade varit arbetsam med mycket sill som skulle rensas, hon kände hur fingrarna svullnat och fått blåsor och sår. Fötterna värkte dessutom. Tröttheten lugnade henne och fick oron för Oskar att flyta bort och glömmas för stunden. Snart var hon igång med de dagliga rutinerna. Hon skulle hjälpa Nanny baka en äppelpaj.

Septemberdagen var kall och blåsig för ovanlighetens skull. Vinden kom med kraft från nordväst och svepte in mellan gårdslängorna. På gårdsplanen, som dagen före varit krattad, virvlade grus livligt upp till en yster dans framför det stora boningshuset. Det var sen eftermiddag, dagsljuset hade redan avtagit och mörka moln rusade snabbt över himlen. Stundtals lämnade de små gluggar av blå himmel, som tillät solen att lysa upp gårdens röda tegeltak. Kullabergs utstickare i norr skymtade mellan molnen.

Arbetet på gården höll på att avslutas för dagen. Drängen Anders hade plöjt upp rågstubben på den sista jordplätten och ledde de två hästarna in i stallet, för en välbehövlig vila. Det klirrade i betslet, men ljuden överröstades av den ökande vinden, som ruskade rejält i trädens kronor. Ljudet från havet kunde höras som ett avlägset svagt muller på avstånd.

Gårdsherre Lundberg stod vid ett av fönstren på ovanvåningen och såg ut över gårdsplanen. Snart skulle året summeras och det såg ut att bli ett bra resultat. Sommarrågen var tröskad och i förvar, höet var torkat och inkört sedan länge, så vinterfodret till gårdens alla kor var säkrat.

Nils Lundberg var förnöjd och hade stora planer på att köpa en traktor kommande vår. Det var dags att förenkla jordbruket. Drängen skulle väl inte vara helt omöjlig att lära sig ett motordrivet redskap. Även om ett visst motstånd till det moderna gick att avläsa i hans reaktion, när de talat om det några dagar tidigare. Han hade också pratat med Karl om förändring, nu när han snart skulle bli jordbrukare. Pojken förstod att modernisering var nödvändig. Han var en klok son.

Lundberg såg mjölkerskorna gå in i stallet för att mjölka och mocka åt korna. Vinden tog tag i deras förkläden, när de sneglade upp mot fönstret där husbonden stod. De fnittrade sinsemellan och försvann in i stallet. Samtidigt kom pigan ut därifrån med hönornas ägg i en korg. Hon var en läckerbit, tyckte han när han såg henne trippa fram mot huset. Nu när Oskar inte var hemma, skulle det vara lätt att få till en stund med henne. Det var längesedan hustrun och han hade någon kärleksstund tillsammans.

Snart skulle ovädret dra in över Kullahalvön med piskande regn och kraftiga vindbyar. Enligt senaste prognosen han lyssnat på i radion, skulle vinden öka till stormstyrka. Lundberg insåg att han borde ha införskaffat brädor från trävaruaffären i byn tidigare i veckan, så att de hade hunnit reparera den västra gaveln på ladugården före stormen. Men nu fick det arbetet vänta.

Gårdsherren såg på sitt fickur. Det var snart dags för kvällsmåltiden och han hörde Nanny skramla i köket. Han mindes när hon började på gården för fem år sedan. Hon var en rejäl tös och kom ifrån östra Skåne. Hon var duktig i sitt arbete, så han ville inte göra sig av med henne, trots att han inte lyckats kuva henne till total lydnad. Han hade accepterat det och nu hade han ju en yngre flicka att tämja. Hon skulle få veta att det var han som var herre i huset.

Lundberg gick ner för trappan, in i matsalen. Brädgolvet knarrade under hans steg. Det nya golvet gjorde matsalen ombonad, noterade han förnöjd. Kakelugnen gav ifrån sig en skön värme. Stormvindarna tilltog alltmer, det knakade i det gamla huset. En vindil drog in vid fönstret och fick den tunna gardinen att fladdra till.

Tavlor prydde väggarna, de flesta målningarna föreställde naturen på Kullaberg. På kortsidan av matsalen fanns två tavlor med svarta ramar, med Kung Gustav V och hans Drottning Victoria. Hon hade tyvärr avlidit i en hjärtattack, efter att ha varit sjuklig under en stor del av sitt vuxna liv. Det var det kalla, råa vädret i Sverige hon inte tålde och levde därför mest utomlands under vintertid. På Solliden, som hon lät uppföra femton år tidigare, kunde hon med välbehag vistas på sommaren, för att på hösten återvända till Capri eller Rom, där hon hade sitt hus.

Gårdsägare Lundberg noterade att fotogenlamporna var tända och han ställde sig vid fönstret och blickade åt väster, ut mot havet. Plötsligt lystes himlen upp av ett starkt ljussken, som steg rakt upp från havet. Strax därpå ytterligare ett och Lundberg var övertygad om att det var nödraketer och att någon var i sjönöd. Han skyndade orolig till kontoret för att ringa ett samtal, medan han såg ett tredje med stor lyskraft stiga mot himlen.

Fru Möller på telegrafstationen kopplade samtalet till

Lotskontoret i Höganäs. Tjänstgörande befäl kunde just då lugna uppringaren, att en lotsbåt var på väg till området, för att söka efter förklaring till nödraketerna, som tydligt syntes ända ner till dem. Nils Lundberg nöjde sig med svaret, men var innerst inne orolig. Han visste med stor säkerhet, att kapten Carlström var på väg genom sundet denna kväll, med en last av kol som skulle lossas i Karlskrona. Lundbergs snart sjuttonårige son Oskar var ombord på detta lastfartyg. Det fanns inte några kända farliga grund därute vad Lundberg kände till, men det berodde förstås på hur nära land man gick. Vid storm kunde skeppen driva mot kusten och råka ut för en brottsjö.

Fadern, som hoppats att äldste sonen skulle intressera sig för arbetet på gården och så småningom ta över, fick se sig besegrad när Oskar bestämt sig för att mönstra på ett skepp till Brasilien. Att han därefter skulle bli fotograf tyckte Lundberg var rena tokerierna. Det var ju inget arbete för en karl, ansåg han. Visserligen beundrade han Lind, som lyckats skaffa sig en mindre förmögenhet och med den en viss pondus i samhället. Lundberg såg upp till sådana personer.

Om han inte lyckades övertala Oskar, måste han förlita sig på sin andra son Karl, som på ledig tid från skolan gärna hjälpte till på gården. Han var redan stor och stark, trots sin ringa ålder och inte rädd för att hugga i när det behövdes.

Kvällsmåltiden åts under tystnad. Lundberg tänkte inte berätta om sina farhågor om att ett skepp var i sjönöd, ett fartyg i vilket deras äldste son kunde befinna sig. Hustrun skulle bli alltför upprörd, något han inte ville utsätta henne för denna kväll. Istället försökte han hitta något sätt att göra henne villig att gå i säng med honom. Nils kände att han behövde lätta på trycket.

9

Senare

Hon mindes så väl de första orden som mannen yttrade, när han kom hem från konferensen i Göteborg.

"Karin, jag vill skiljas!"

Det var så han hade sagt. Fyra ord, som fick hela livet att stanna upp. Hon hade stått som förlamad innan hon fattade innebörden av det han sagt.

Karin, jag vill skiljas.

Hon förstod inte själv, att hon först hade kunnat vara så lugn och bett honom om en förklaring. Därefter kom tårarna, rädslan och ilskan tog överhand. Men han var fast besluten, samlade ihop några saker och sade att han skulle bo på annat håll några dagar.

På söndagseftermiddagen hade Karin återvänt till villan i Småland. Motsträviga känslor kom över henne, så fort hon körde in på deras gata. Hon såg mot huset, ingen bil utanför. Alltså hade han inte kommit hem ännu. De hade inte haft någon kontakt under helgen, och hon noterade att ingen talat in något meddelande på telefonsvararen.

Karin packade in sina saker, tog en kopp kaffe och gick ut för att klippa gräset. Hon var inte den som skulle strö salt i såret, utan hoppades på att det skulle gå att prata om hennes planer, när han väl kommit hem.

Dagarna i Ängelholm hade varit trevliga hos väninnan Eivor. De hade gått på restaurang på fredagskvällen och senare pratat om allt gammalt och nytt, medan de delade på en flaska vin.

På lördagen shoppade de i stan och gick en lång promenad vid Rönneå, som slingrade sig som en orm genom staden. Vid *Pyttebron* hade Grönvalls gamla fula läderfabrik rivits och började nu ge plats år bostäder. Badhuset låg kvar med sina stora fönster ut mot ån. Hon kände igen sig, hon var tillbaka i staden där hon tillbringat sin uppväxt.

Men nu hade helvetet brutit ut. Hon visste inte hur hon skulle klara ut allt, kände sig utnyttjad och överkörd, medan han bara med några ord tog bort alla drömmar hon hade. Utan att lyssna ignorerade han hennes önskemål och det liv de byggt upp tillsammans.

Karin försökte rannsaka sig själv om hon hade bidragit

till den uppstådda situationen. Men det gick inte att tänka klart längre. Tystnaden i huset var påträngande och besvärande.

Hon drog sig till minnes den gången hennes föräldrar skulle skiljas. Mamman hade kallat in Karin och hennes bror Lennart till vardagsrummet, där pappan satt. Stämningen var tät och barnen förstod att något var fullständigt fel, men kunde inte ana vad.

Pappan stirrade in i väggen på den storblommiga tapeten och Karin mindes, att hon undrade vilken av blommorna han tittade på. Så hade mamman slungat ut orden, beskedet att de skulle skiljas. Deras pappa hade träffat en ny kvinna. En yngre, hade hon noga betonat. Karin hade börjat gråta, Lennart svor åt pappan och lämnade rummet, röd i ansiktet. Ett år senare var både pappan och Karins bror döda.

Nu var hon i samma situation och hade en svår tid att gå till mötes. Livet var förändrat med ens, drömmarna fanns fortfarande, men fick läggas åt sidan så länge. En mängd praktiska saker var tvungna att lösas. Hon anade att mannen träffat en ny kvinna, kanske hade han tillbringat helgen hos henne istället för att vara på konferensen. Hon tänkte inte forska i det, inte be honom stanna heller. Hennes stolthet förbjöd det.

10

Tidigare

$\mathfrak{F}$öljande dag ringde Lundberg på nytt till lotskontoret i Höganäs. De kunde lämna en tillfredsställande, men ändå märklig rapport. Carlströms lastfartyg, där Oskar var ombord, hade passerat i Öresund två timmar tidigare på kvällen och det fanns inget fartyg i sjönöd vid den plats där nödraketerna skjutits upp.

Däremot fanns en fiskebåt vid det aktuella området. Vid närmare konfrontation medgav en av männen i båten, att de blivit så till sig av den stora fångsten fisk de hade i näten, att de av ren glädje och som en hälsning till anhöriga i byn, hade skickat upp några raketer. Av oförstånd försäkrade de. Det blev trots allt rapport till polismyndigheten och männen hade efterräkningar att vänta för tilltaget.

Nils Lundberg var lättad. Hans son hade inte varit i närheten under gårdagskvällens händelser, utan befann sig nu antagligen i Karlskrona, för att lossa kolet och snart mönstra på skeppet till Brasilien. Det kändes både tryggt och vemodigt, men samtidigt var han på ett sätt stolt över sin son. Det skulle göra Oskar gott att känna på sjömanslivet och dessutom var det bra att han kom hemifrån ett år. Lundberg såg inte med blida ögon hur sonen smugit in till pigan under sena kvällar den sista tiden. Vem vet vad det skulle få för följder.

Gårdagskvällen hade inte gått som han önskat. Hans hustru hade dragit sig tillbaka till sitt rum efter maten, med en begynnande huvudvärk. Nils Lundberg var sur och vresig.

Han hade på senare tid träffat flera inflytelserika personer från det nationalistiska partiet i Tyskland och börjat undersöka svenska intressen av denna verksamhet. Han hade fått information om, att fascister i Sjöbo hade anslutit sig till SS och att det svenska Nationalistiska arbetarpartiet med dess grundare Lindman i spetsen, planerade för ett svenskt koncentrationsläger för judar. Man hade redan åtta tusen judar registrerade.

Lundberg såg med tillförsikt fram mot sin egen kommande maktroll i partiet med svenska nationalistiska ideologier. Han hade redan planer på ett möte med partiet som bildats i Malmö. Men allt måste föregås med viss försiktighet, så att inte allmänheten reagerade. Han kände till att han hade hotellägarna i Mölle mot sig, de hade genomskådat hans planer genom besöken av tyskarna på gården. Han bestämde sig för att låta dem bo på pensionat Strandhem i byn vid nästa besök.

Om ett halvår skulle Karl sluta skolan och ägna sig mer åt gårdens skötsel. Lundberg ville lära honom allt, så att sonen kunde ersätta honom om han behövdes i partiet längre fram. Så var planerna och han hade pratat med Karl om dem. Lundberg log vid tanken på att han och sonen var så lika. Karl var som en kopia av honom själv, lika besatt och energisk i allt han företog sig.

11

Hon kände sig illamående direkt när hon kom upp en morgon. Först trodde Anna att hon ätit något olämpligt, men befarade att det var något annat. Mensen hade uteblivit och hon var vettskrämd för att hon kanske var med barn. Anna kände inte för att äta någon frukost, utan skyllde på att hon inte mådde så bra och skyndade ut till sina göromål.

Hela veckan var det samma visa, illamående på morgonen och avsmak för vissa lukter och smaker. Hon smet undan för sig själv så ofta hon kunde, ville inte avslöja sig för någon. Nanny genomskådade henne en dag och frågade henne rakt ut om hon var med barn. Anna kunde inte ljuga för Nanny och snyftande berättade hon, att hon skulle föda hennes och Oskars barn. Hon var helt villrådig över sin situation och visste inte hur hon skulle göra.

De satt inne i Nannys rum en kväll och pratade om vad som väntade den sjuttonåriga flickan. Anna var förtvivlad, hon visste inte hur hon skulle kunna berätta det hemma för sina föräldrar. Hon förstod att hennes far skulle bli rasande arg, han hade varnat henne för män, som ville sära på hennes ben, som han uttryckte det. Kanske var det sina egna lustar i ungdomen han tänkte på, anade hon. Hon förstod att han ville henne väl.

Men det var ju annorlunda med Oskar. Han hade inte på något vis tvingat henne till detta. De hade bara följt sina känslor för varandra och hon hade velat lika mycket som han. Det ångrade hon inte, men fick plötsligt mycket att tänka på. Något som inte ingick i hennes planer.

"Jag tycker du skall prata med din mor, hon kommer att förstå. Sen får du fundera på vad du själv vill, om du vill vänta tills Oskar kommer hem, eller försöka få tag på honom." Anna lyssnade på henne, men tankarna var långt borta. Oron gnagde.

Oskar hade ringt en vecka tidigare, dagen innan han mönstrade på skutan till Sydamerika. Han hade visserligen sagt att han längtade efter henne, men Anna förstod att det var mest äventyret som upptog hans intresse just då. Det skulle dröja minst ett år innan han var hemma igen och då skulle barnet vara fött. Om hon nu skulle behålla det.

"Har du aldrig velat gifta dig och få barn?" frågade Anna.

Nanny var helt oförberedd på frågan och såg besvärad ut. Det gick någon minut i tystnaden, där bara den gamla väggklockans tickande hördes.

Anna hade aldrig varit inne hos Nanny tidigare. Hennes rum var spartanskt möblerat med säng, bord med tre stolar, en soffa och ett klädskåp. Ett fotografi stod på en liten bänk och Anna sneglade på bilden, som föreställde en man. Nanny såg hennes blickar och det frågande uttrycket i Annas ansikte. Hon tog fram fotografiet.

"För sex år sedan hade jag sällskap med en man som hette Gösta och vi skulle gifta oss var det planerat. Vi bodde i Bromölla då, jag arbetade som hembiträde och han var skogsarbetare. Jag blev med barn och vi förberedde vårt bröllop, för vi ville gifta oss innan barnet föddes."

Nanny gjorde en paus, för att torka bort en tår som trillade nerför kinden. Anna väntade på fortsättningen, men ville inte skynda på henne.

"En månad senare föll en stor fura över honom under skogsarbetet. Hans liv gick inte att rädda, han dog på Kristianstads lasarett. Jag var givetvis helt förkrossad och fick missfall på grund av all sorg. Jag blev helt ensam med min förtvivlan och ville bara därifrån. Det var då jag sökte tjänsten på den här gården."

Anna kramade sin vän och deras tårar blandades. De satt tysta intill varandra en lång stund och lät tankarna sväva fritt. Det fanns inte mycket att säga, orden räckte inte till längre. Ute hade det blivit mörkt och Nanny tände sin fotogenlampa. Det var fullmåne, kastanjeträdets grenar kastade sina långa svepande skuggor över gården och fick omgivningen att se spöklik ut.

"Hur har du orkat fortsätta?"

"Det är så avlägset nu, Gösta och vårt väntade barn. Vi gjorde upp planer som inte blev av, det blev istället så här. Och det blev bara mitt. Då och då tänker jag på mitt gamla liv och kan sakna det. För här har jag inte hittat ett sammanhang, ett sätt att klara mitt nuvarande liv. Jag arbetar, men är ingen hel människa längre. Inte förrän du kom Anna, då blev jag äntligen hoppfull."

Anna visste inte vad hon skulle säga längre, överrumplad av Nannys bekännelse. Hon var både upprymd och förvirrad på samma gång. Hon ville helst inte vara ensam under natten och som en tankeöverföring sa Nanny, att hon kunde få sova på soffan om hon ville.

Det blev en orolig natt med nya ljud, som var främmande för Anna. Nya tankar följde henne in i sömnen. Flera gånger vaknade hon och såg bort mot Nanny, som tycktes sova. Men Anna anade att hon bara blundade.

När hon först märkt att hon var med barn var den första tanken fosterfördrivning. Hon hade hört talas om kvinnor som utförde sådana handlingar. Men nu var hon fast besluten på att föda sitt barn. Hon skulle kämpa för sitt och Oskars kärleksbarn. Berättelserna var många om havande flickor som drivits till självmord, genom att dränka sig i märgelgraven. Förtvivlade och övergivna såg de ingen annan utväg. Hon hade hört folk hemma i Höganäs berätta om dem.

<h1 style="text-align:center">12</h1>

Senare

Ljuden blev så tydliga i tystnaden. Andetagen, lakanen som prasslade när hon rörde sig i sängen och försökte sova. Hon var trött, men tvingade sig ändå läsa i boken hon lånat. Hon längtade till den trygga sömnen. Boken gled ur hennes hand efter en stund. Karin hörde den dämpade dunsen, när den landade på mattan. Hon kunde förnimma klockradions siffror innan hon lät ögonen stängas.

Det hade gått ett år nu efter skilsmässan. Tiden gick, även om den gick sakta. Huset var sålt och de hade kunnat komma överens om uppdelningen på ett någorlunda vettigt sätt. Mannen hade varit ganska generös och låtit henne behålla de möbler hon behövde i sin lilla lägenhet hon skaffat. Kanske var det hans skuldkänslor som avgjorde.

Karin hade vid något tillfälle sett mannens nya kvinna. Hon var betydligt yngre än Karin, vilket inte var förvånande. Fastighetsmäklare med mörkt, kortklippt hår och en snygg figur, som hon balanserade på sylvassa klackar. Vid två tillfällen hade hon ringt till den nya, bara för att höra hennes röst. *Hej, jag kan inte ta ditt samtal nu, men…* Dessutom hade hon smugit in på en öppen lägenhetsvisning, bara för att kolla sin efterträdare, men stannade inte länge. Hon hade sett vad hon ville se. Karin förstod att det var en aning sjukt och gjorde aldrig om det.

Livet måste gå vidare på något sätt och Karin försökte leva det liv hon hade tidigare, i så stor utsträckning som möjligt. Skillnaden var att hon nu inte hade några krav på anpassning till någon. Den biten var bra, men samtidigt var hon bara en halv människa. Hon kände ensamheten påträngande, den förtärde hennes själ, uppslukade hennes livslust tidvis. Hon längtade efter någon hon kunde tillhöra.

Flera gånger i veckan åt hon lunch på arbetet i serveringen vid den lilla sjön, för att vara bland andra människor. Andra dagar gjorde hon en gryta, som skulle kunna räcka till en storfamilj. Hon gjorde iordning portioner och stoppade in det som blev över i frysen. Allt blev till nya rutiner för henne. Karin träffade inte några av deras tidigare gemensamma vänner längre. Nya vänner hade tillkommit istället, bland annat några konstnärsvänner. För att inte sitta ensam i lägenheten hade hon valt att gå på en kurs i oljemålning, även om hon nuförtiden var en duktig konstnär. Det var den sociala gemenskapen hon behövde märkte hon. Dessutom var det nyttigt att utbyta tankar om konsten.

En källarlokal fanns tillgänglig och hon hade för en billig hyra lyckats få tillträde till den. Där tillbringade hon sin fritid framför staffliet och med skön musik, som inspiration.

I början efter skilsmässan blev det en del mörka tavlor, men på senare tid hade de fått en ljusare ton, i takt med hennes välbefinnande. Hon strök varma oljefärger på dukar, skapade drömvärldar, i ett försök att göra den bättre än verkligheten. Några lokala utställningar hade hon haft, med viss framgång. Detta sporrade henne att försöka nå ut till en bredare publik. Hon visste nu att hon skulle klara av det.

Caféet i Jönköping, som före skilsmässan var hennes dröm, blev sålt och Karin såg chansen till kombinerat café med galleri försvinna. Men drömmen fanns fortfarande kvar, nu hade hon ett skapligt kapital från försäljningen av villan och därmed möjligheter. Hon hade ingen direkt brådska, kände sig fortfarande ung, trots sina femtiotvå år. En vacker dag skulle hon hitta något.

13

Tidigare

$\mathfrak{S}$iri Lundberg var sängliggande igen, det var tredje dagen den här veckan. Ingen visste egentligen vad som fattades henne. Alla var frågande, men sade inget. Det hade snart blivit en naturlig företeelse att hon var sjuk några dagar, för att sedan stiga upp och vara som vanligt igen. Hon hade piller för alla tänkbara sjukdomar.

Både Anna och Nanny tyckte att hon blev blekare och magrare för varje sjukdomsperiod. Hennes man Nils var van vid dessa perioder och visste inte på morgonen vad som gällde för dagen. Hon lät helt enkelt bara meddela, att hon tänkte stanna kvar i sängen resten av dagen. Men livet på gården förändrades inte för det.

Makarna hade en tyst överenskommelse, att mannen skulle få sig en kärleksstund en gång i månaden, en dag som passade henne och som hon valde. Hon lät då med några, för Lundberg lätt igenkännande tecken, visa att hon var medgörlig kommande kväll. Men nu hade de passerat tidpunkten med flera dagar. Lundberg kände sig olustig över att Siri inte uppfyllde sina äktenskapliga plikter. Han kände sig frustrerad.

Vid pianot satt Anna och klinkade på en melodi, som hon nu behärskade med stor tillfredsställelse. Hon hade övat mycket så fort arbetet tillät och när frun inte själv spelade. De dagar när fru Lundberg var sängliggande övade hon extra mycket. Fingrarna dansade fram över tangenterna, nästan av sig själv. Några minuter till hade hon tänkt hon öva, innan hon skulle hjälpa Nanny i köket.

Nils Lundberg kom in i rummet och såg henne sitta där och spela. Annas ljusa långa hår svängde i takt med melodin och hon märkte inte gårdsägarens närvaro. Hon var helt uppslukad av hur melodin växte fram, fyllde hela rummet och inneslöt henne med en varm känsla. Lundberg hade tyst smugit sig över golvet och stod bakom henne, utan att hon anade något. Inte förrän han grep han tag i hennes bröst. Hon försökte vända sig om, men lyckades inte. Han höll henne i ett hårt grepp, samtidigt som han flåsade något ohörbart i hennes öra.

Anna kände hans sura andedräkt. Hon vågade inte säga något, utan kämpade febrilt för att komma loss. Då lyfte han henne under armarna, fortfarande med händerna på hennes bröst och placerade henne framstupa på ett bord. Han började treva under hennes klänning, samtidigt som han höll henne nere med ena handen i nacken. Han försökte lugna henne, medan han lossade sin livrem och stod där med byxorna vid fotknölarna. Hon kände hans händer mellan benen.

Ett plötsligt oväsen av klirrat porslin från köket intill, fick honom att för ett ögonblick tappa fattningen och Anna kunde slita sig loss. Röd i ansiktet sprang hon därifrån. Från köket kom Nanny med ett belåtet leende och mötte sin arbetsgivares blick, som nu var mörk.

Med avsikt hade hon släppt några tallrikar i golvet, när hon märkte vad som var på gång. Hon mindes den gången han gjort sina trevare med henne själv och ville undsätta Anna till varje pris. Nanny hade lyckats avstyra hans övergrepp mot Anna. Frågan var bara om han skulle försöka igen.

"Det behövs nog köpas in nytt porslin, de börjar bli slitna och sköra", var hennes enda kommentar. Hennes belåtna min hade samtidigt en stor portion avsmak för handlingen, som hennes husbonde ansåg vara sin rättighet. Hon släppte inte honom med blicken.

Utan ett ord rättade han till sin klädsel och gick därifrån. Nanny var nöjd, nu skulle han förhoppningsvis inte försöka fler gånger med flickan. Hon övervägde att tala om det inträffade för frun, men ville vänta till ett bättre tillfälle. Det gällde att ha en trumf till hands längre fram.

Anna kastade sig på sin säng. Tårarna strömmade nerför kinderna på henne. Det som gjorde mest ont i henne var förnedringen, hans sätt att se det som sin rättighet att ge sig på henne. Hon hade inte haft en möjlighet att ta sig loss från hans järngrepp och skulle blivit våldtagen om inte Nanny hade räddat henne. Anna var tacksam för det och skulle prata med henne i morgon. Ikväll tänkte hon inte arbeta mer, hon var alldeles för uppriven för att orka. Skärrad kröp hon ihop i fosterställning.

Innan hon somnade låg hon länge och försökte tänka ut en plan för att hämnas på husbonden. Men det skulle klart inte bli lätt, snart skulle det upptäckas att hon var med barn och då var det stor risk att hon fick sluta sin anställning.

Det skulle vara omöjligt att ta hand om ett barn, samtidigt som hon arbetade på gården, förstod hon. Hennes lilla rum hade inte förutsättningar att hysa ett litet barn, så när allt kom omkring måste hon hitta någon lösning. Hon bestämde sig för att prata med sin mor. Anna kunde ana hur hennes far skulle slå knytnäven i bordet och svära åt henne, så det var säkrast att bara konfrontera modern.

Det skulle dröja innan Oskar kom tillbaka, ett vykort som

anlänt för tre dagar sedan, talade om hur bra allting var i Brasilien, där han nu varit i snart en månad. Han hoppades att hon mådde bra och att de skulle ses igen inom ett år. Sist på kortet stod det att han längtade efter henne. Han angav en adress, dit hon kunde skicka ett brev eller kort. Anna blev jätteglad för kortet och köpte ett vykort i Cronvalls lanthandel, när hon handlade varor till gården.

Hon var noga med att betala med egna pengar, gårdens inköp noterades i en liten svart bok. En gång i månaden gjorde Lundberg rätt för sig och betalade skulden. Likadant var det hos de varubilar som körde runt i bygden och besökte gården med jämna mellanrum.

Bryggare Holm, som sålde pilsner och svagdricka från drickabilen, var från Nyhamn, liksom Nisse bagare. Men den senare fick inte sålt mycket på gården eftersom de normalt bakade själva. Broberg körde omkring och sålde charkuterivaror. Kepsen, som hade fettfläckar på skärmen, var ofta långt nerdragen i pannan. Inne i varubilen var allt exemplariskt rent och välordnat, med korvar, pastejer och aladåber. Skinkor fanns också i disken, en variant var Parmaskinkan, som han med viss möda själv kallrökt och torkat för att saluföra som en italiensk delikatess. Ingen ifrågasatte äktheten.

14

Presidenten i Brasilien ville få ett slut på det mäktiga inflytande som kaffeproducenter och jordbrukare hade i landet. Arbetarklassen var med på hans idéer och förstod att sociala reformer var nödvändiga.

Det bestämdes att man skulle öka produktion av bomull och gummi och kaffeodlarna förbjöds att utöka sin verksamhet. Förtvivlade sökte de en lösning och fick den från oväntat håll. Regeringen köpte in deras lager av kaffe och förstörde det. Odlarna rasade och gjorde uppror.

Mitt i detta kaos och oroliga tider med strejker och uppror, hamnade Oskar. Efter någon vecka vande han sig vid att rivaliserande grupper slogs och demonstrerade. Hans värld hemma hade varit väldigt lugn och okomplicerad, så detta var en ny erfarenhet för honom.

Resan över Atlanten hade inte varit helt problemfri. Han var inte van vid de stora haven, med skummande vågor stora som hus. Några dagar var han sängliggande i en febersjukdom och kände sig helt utslagen. Någon mat kunde han inte få i sig och i de stunderna undrade han vad han givit sig in i. I sitt omtöcknade tillstånd tänkte han på hemlandet, på byn han lämnat, familj och vänner, men främst på Anna. På femte dagen var han feberfri, men trött och dessutom satte sjösjukan in igen. När de såg land för första gången sedan de lämnat Rotterdam, var allt normalt igen.

Han gav sig ut och fotograferade händelser, som utspelade sig i området där han hade en enkel bostad. I Karlskrona hade han kommit över en begagnad kamera av märket *Stella,* i hopfällbart fickformat och med utbytbara kassetter på baksidan. Det hade svidit rejält i hans kassa, när han betalade etthundratjugofem kronor för den. Under överfarten hade han fått arbeta sig svettig för en skaplig lön, så det gick ingen nöd på honom än så länge. Hans boende var spartanskt, matkostnaden höll sig inom rimliga gränser.

Presidenten lyckades inte få igenom jordreformen och efter ett år utlovade regeringen efterskänkning av kaffeproducenternas bankskulder. Följden blev ytterligare uppror och ilska bland folket. Oskar kände en viss oro, men utsatte sig inte för konfrontationer. Efter några månader hade han lärt sig språket någorlunda bra och kunde konversera hjälpligt. Det var en stor framgång för honom och fick nu möjlighet att sälja bilder till dagstidningar. Han aktade sig väldigt noga för att ta någons parti, för att inte hamna i konflikter.

Men det var inte bara strejker och uppror han fotograferade, han gav sig ut i den vackra naturen och fick skapliga bilder, trots den enkla kameran. Han blev välkänd i trakten, när man upptäckte att den blonde ynglingen kunde både teckna och skapa bilder. Oskar var stolt och skrev brev hem till familjen och ett till Anna. Han längtade efter henne, men tänkte stanna den tiden som var bestämd. Han skapade sig inte någon stor förmögenhet för sitt arbete i det fattiga landet. Men han trivdes och allt var ett äventyr.

15

Annas illamående kom mer sporadiskt nu. De första fjorton dagarna hade varit värst, då hon varje morgon fick rusa till toaletten och kräkas. Nu kändes det bättre och barnet började växa till sig i magen.

Anna tog långa omvägar på gården när hon riskerade att stöta på husbonden. Hon hade alltid ögonen på skaft och var orolig att vara ensam med Lundberg igen. Som tur var lät han henne vara, men blängde surt när han fick syn på henne och tillrättavisade henne för någon småsak. Fru Lundberg var trevlig och verkade dessutom riktigt frisk för en gångs skull.

I Höganäs hade Anna varit hos doktor Wallin, som undersökt henne och kommit med råd inför förlossningen. Hon visste med sig att han hade tystnadsplikt, så hon var inte rädd för att ryktet skulle sprida sig ännu. Det fanns många där hemma som var nyfikna av sig och gärna ville förbättra en historia, på sitt sätt.

Hon var spänd inför besöket, mest på grund av berättelser om alla djur som fanns i doktorns trädgård. Han var en stor djurvän och lät hundar, höns, påfåglar och apor springa fritt i den inhägnade gräsytan på baksidan av huset. Men det mest skrämmande för många som var tvungna att besöka doktorn var en struts, som han hämtat hem från en av sina många resor. Den var visserligen tam, men Höganäsborna hade många berättelser om djuret och förstorade skildringarna för varje gång de berättades.

Skorstensfejare Fröjd, som hade en motorcykel av märket BSA och under sina turer oftast var iklädd en svart skinnjacka, fick en gång komma till djurets undsättning. Strutsen hade fastnat i ett nätstängsel och kunde inte komma loss därifrån. Fröjd visste att strutsar kunde bli aggressiva och bitas om man kom för nära och närmade sig med största försiktighet. Hur den historien slutade visste inte Anna, men anade att det fanns många olika versioner.

Doktor Wallin hade undersökt Anna och kommit med förslaget, att hon skulle uppsöka föreningen *Mjölkdroppen* i Helsingborg. Personalen där kunde lämna upplysningar och ge omvårdnad till havande kvinnor. Föreningen hade nyligen blivit en central för barnavård, där duktiga sköterskor och barnmorskor arbetade. Anna lovade att tänka på förslaget, men först måste hon prata med sin mor.

Hon var på väg till Höganäs igen. Anna hade bett sig ledig några timmar på eftermiddagen, ett läkarbesök hade hon sagt till Lundberg. Hon tyckte inte om att ljuga, men hade blivit ganska förhärdad efter husbondens tafsande. Han tittade på henne och nickade kort.

Det var en klar och snöfri januaridag, vinden som vanligtvis kunde vara bitande här vid kusten, kändes knappt. Solen värmde faktiskt något tyckte Anna, när hon gick längs stranden. Hon ville spara sina pengar genom att inte ta tåget. Dessutom tillät faktiskt vädret en promenad, fast det var fyra kilometers väg. Vid stationen stod några hästskjutsar väntande på att få väga sina betor, som skulle fraktas till sockerbruket. Hästarna tuggade i sig från sina foderpåsar, medan drängarna fick en paus i arbetet och delgav varandra senaste nytt från sina gårdar. Betskörden hade varit stor under året som gick och sockerbruket körde för fullt även in på det nya året, för att kunna ta emot alla leveranser.

Anna passerade dansrestaurangen vid skogen, den gamla fabriken i Strandbaden och närmade sig bebyggelsen utanför Höganäs. Hon kröp genom skyddsstängslet vid järnvägsspåret, såg sig noga för åt båda sidor, klättrade över banvallen och ner på andra sidan. Hon rättade till sin klädsel, så att inte magen syntes alltför mycket. Det fanns inte många människor ute, men ryktet kunde snabbt spridas om någon såg en ung flicka som var på tjocken. Folk kunde vara obarmhärtiga.

Snart var hon på Bruksgatan. Ett litet smalt ansikte tittade ut mellan pelargonierna i grannhuset. Det var Hilda, en skinntorr kvinna med ett rysligt humör och en vass tunga. Ibland slog hon sig i slang med gubbarna på bruket, spottade på marken och redogjorde för sina åsikter. De skrattade oftast åt henne och då blev hon förbannad. Hon var bäst i kvarteret på att föra rykten vidare, sanna eller inte.

Anna smet kvickt förbi och in i föräldrahemmet till sin mor. Vid första anblicken såg Anna hur fattigt de hade det. I tamburen låg tofflor och slitna skor i en hög. Hon såg in i rummet, där krukväxten på piedestalen såg vissen ut. Trasmattan som Anna mindes hade legat i köket i alla år, hade sett sina bästa dagar. Längs väggen över vedspisen hängde tvätt på tork.

Hon satte sig vid köksbordet på vilket det låg en fläckig duk. På ett fat några brödskivor och intill en sirapsbuk. Modern värmde kaffepannan med kaffe som var kvar sedan morgonen, men fyllde på med en extra sked kaffe, från burken som stod på en hylla. Hon satte fram några mandelskorpor, som hon bakat dagen till ära. Anna fick tårar i ögonen. Hon ville så gärna slå armarna om sin mor, som hon mindes att hon gjort när hon var barn och fick gråta ut när hon var ledsen. Hon fick en klump i bröstet. Hennes mor hade inte med ett ord förebrått henne, för att hon snart skulle föda ett oäkta barn. Men i fattiga familjer visade man inga känslor, det var förenat med skam, så ingivelsen om kramen uteblev.

Syskonen var fortfarande i skolan, eller lekte någonstans utomhus, så mor och dotter fick en bra stund tillsammans. Snart skulle Annas far komma från arbetet och hon skyndade sig att ta farväl. Annas mor tryckte en peng i hennes hand, så att hon kunde ta tåget tillbaka till Nyhamnsläge. Anna neg inför sin mor och torkade bort en tår på kinden.

I tågvagnen tänkte hon på orden hennes mor sagt. Det fanns ett ställe utanför Malmö, Mathildenborg, en herrgårdsliknande byggnad, som tidigare varit bondgård. Där hade prästen Ekberg nyligen startat en förening för ensamställda mödrar, som inte hade möjligheten att själva försörja sig och sitt barn. Efter en tid där skulle de hjälpas till ett arbete.

Annas mor vädjade till henne att inte fundera på att adoptera bort sitt barn, utan försöka få en plats på mödrahemmet. Modern lovade att höra sig för och inte berätta något än för sin man.

Anna kände sig lättad efter besöket hemma. Kanske det var en bra idé att föda barnet, sluta som piga på Lundbergs gård och förhoppningsvis få plats på Mathildenborg. När Oskar väl var hemma igen skulle de kunna skaffa en bostad tillsammans och bilda familj. Hon beslöt sig för att skriva ett nytt brev till honom.

Det var ytterligare tre månader till födseln, så det fanns tid att planera. Hon skulle arbeta på gården in i det sista för att skrapa ihop pengar, som skulle behövas längre fram. Men hon befarade att Lundberg skulle säga upp anställningen, när det uppdagades att hon var gravid och inte längre kunde arbeta. Då skulle hon vara beredd och med glatt humör lämna gården. Det fick bära eller brista.

Tillbaka på gården vilade hon sig en stund och förberedde sig för att hjälpa Nanny i köket. De hade blivit mycket förtroliga med varandra under senare tid. Anna visste att hon verkligen behövde allt stöd hon kunde få, för att stå ut de sista månaderna på gården. Lundberg hade inte försökt med fler närmanden och var mycket väl medveten om hennes graviditet. Hon kunde se det på sättet han såg på henne på senare tid. Men hon visste inte vad han hade för avsikt att göra.

16

Heinz var från Berlin och skulle tillbringa sitt ferielov hos Lundbergs familj på gården. Han var son till en av de tyskar som gästat gården och jämnårig med Lundbergs son Karl. Redan från första början verkade pojkarna trivas tillsammans och på helgen när Karl var ledig från sin skola red de ut tillsammans på ängarna mot Bräcke.

Anna tyckte Heinz såg stroppig och världsvan ut, fast han bara var sexton år. Han var en kopia av sin far, som hon sett vid hans besök. Heinz och Karl pratade om något, när de kom ridande in på gården, när Anna var på väg till hönsen. Tydligen hade de varit ute och försökt skjuta harar, hon såg geväret Karl höll i handen. Den tyske pojken tilltalade henne, men hon tittade bort. Karl såg allvarlig ut och sade ingenting, något sade henne att allt inte stod rätt till mellan dem.

De gick in i stallet och hon kunde höra deras röster från hönshuset. Hon hade ett ärende in i stallet och smög tyst in, för att inte väcka uppmärksamhet. Med tanke på husbondens överfall på henne ville hon inte riskera något liknande. Hon litade inte på någon längre.

Anna sneglade bort mot hästbåsen och kunde se de båda pojkarna stå tätt intill varandra. Hon hade först tänkt att gå ut direkt, men något fick henne att dröja sig kvar. De kunde inte se henne, där hon hukade ner bakom några mjölkkannor. Hon kunde inte urskilja vad de pratade om, men situationen var laddad och tycktes skrämmande. Anna skämdes för att hon smygtittade och vågade inte röra sig, med risk för upptäckt.

De båda ynglingarna var helt upptagna med att bråka om något, som hon inte kunde höra. Så hände något hon inte förväntat sig. Plötsligt slog Karl till Heinz med ett knytnävsslag på kinden, så att han föll omkull. Försiktigt tog hon sig ut ur stallet på darriga ben, skärrad över vad hon sett.

När hon kom in i huset mötte hon Lundberg. Han ville prata med henne på kontoret, så Anna lämnade äggen till Nanny, som gav henne en lång varnande blick. Anna förstod och var på sin vakt.

Hon knackade på dörren och gick in. Lundberg hade satt sig tillrätta vid skrivbordet och nickade åt Anna, utan att be henne sitta ner. Egentligen behövde hon sitta ner en stund, men tänkte det var bäst att snabbt kunna komma därifrån. Så hon stod upp och lät dörren stå på glänt.

Lundberg synade henne noga uppifrån och ner, som om

han bedömde en häst han tänkte köpa. Anna väntade på vad som skulle komma. Tystnaden var enerverande, det kändes som att stå anklagad för något. Hon kände sig svimfärdig och ville bara bort därifrån.

"Det har ju inte undgått någon att du är med barn", började han och fortsatte.

"Jag har inget intresse av att veta vem som är far till horungen, men du förstår kanske att du inte kan arbeta vidare här och samtidigt fostra ett barn."

Anna kände hur tårarna började fyllas i ögonen, men kämpade för att hålla dem borta, anade att en fortsättning skulle komma. Hon ville till varje pris inte visa sig svag inför honom. Hon hade väntat på detta samtal och förberett sig, men nu blev hon ändå ställd. Hon tog tag i stolen framför sig för att få stöd. Innan hon försökte få fram något svar, tog han till orda igen.

"Jag har ett förslag. Du föder ditt barn och adopterar det till min yngre syster och hennes man. De kan inte få några egna barn, så på detta sätt får alla hjälp kan man säga. Du får behålla ditt arbete och får två veckors ledighet med full betalning i samband med barnets födelse. Du får dessutom ett hundra kronor i rena kontanter."

Därmed ansåg Lundberg att samtalet var avslutat och

förväntade sig att hon skulle tacka och nigande gå därifrån. Men Anna kunde först inte röra sig. Hade hon hört rätt? Adoptera bort sitt barn till en syster till Lundberg och aldrig få se sitt barn mer? Det tänkte hon aldrig gå med på och fick plötsligt kraft och mod att svara mot honom, trots att tårarna inte gick att hejda. Efteråt rusade hon därifrån, men kände en stor glädje.

17

Senare

De senaste dagarna hade hon börjat längta tillbaka till sina hemtrakter. Skåne låg henne varmt om hjärtat. Hon hade visserligen inte vantrivts, men anledningen till att de hamnade i Småland, var ju helt på grund av mannens arbete.

Hon insåg plötsligt att hon blint följt med honom och låtit hans karriär komma i första hand. Vem vet, de hade kanske kunnat hamna i Luleå eller Östersund om det funnits jobb för honom där, tänkte hon. Inte för att hon hade något emot de städerna, men kände med ens att livet hade varit orättvist mot henne. Själv hade hon inte kunnat utveckla sin konstnärliga kreativa kraft, till något som gav henne tillfredsställelse.

Istället hade hon stannat hemma, fött barn och tagit de jobb som fanns inom räckhåll, för att deltaga i det sociala livet. Karin ångrade nu att hon inte försäkrat sig om ett jobb med anknytning till sin konstutbildning. Pension skulle med all säkerhet inte bli den bästa.

På senare tid hade hon gjort stora framsteg med sin oljemålning och hittat en teknik som inspirerat henne till bra resultat. Hon målade fritt och enkelt utan någon förebild och var väldigt säker i sitt utövande. Alla på kursen beundrade henne, tyckte att hon skulle ställa ut.

I sin konst försökte hon framkalla positiva tankar, med en känsla av rymd. Hon ville att betraktarna skulle uppleva hennes målningar berikande, att bilderna motade bort det mörka i världen. Det var så hon tänkte, där hon satt i sin ateljé och funderade i tystnaden över sin kreativitet, sitt måleri och behovet av snällhet i världen.

Kanske var hon väl optimistisk när det gällde andras uppfattningar av hennes konst. Kanske skulle hon bara låta folk bara se på tavlorna och göra sina egna upptäckter, utan att styras. Utan någon titel på målningarna. Låta besökarna själva hitta detaljer, som fångade deras intresse.

Två dagar tidigare hade hon vid ett shoppingbesök i den närliggande staden, stigit in i en bokhandel. Redan när hon först såg den lilla röda boken blev hon förälskad. I efterhand funderade hon över just det, att man kunde bli förälskad i en liten röd bok. Det var en sådan bok som man kunde skriva ner något i och idén till att skriva ner sina innersta tankar, dök upp från ingenstans.

Det var ett impulsköp, men redan när hon över en kopp kaffe på caféet tog upp boken och strök med fingrarna över bokryggen, förstod hon att detta skulle bli hennes drömbok. I den skulle hon skriva ner allt hon tänkte, funderade över och drömde om.

Ett av de första orden hon skrev var hemlängtan. Därför stod nu väskan packad för en ny tur ner till Skåne. Hon hade pratat med Eivor, som blev glad över att få besök igen. Den här gången kunde Karin stanna lite längre och de båda väninnorna planerade den kommande vistelsen i den lilla orten, strax utanför Ängelholm.

18

Tidigare

Något hade hänt förstod Anna. Två dagar efter bråket mellan Karl och den tyske ynglingen, kom fadern till Heinz körande i sin mercedes till Lundbergs gård. Stämningen var dämpad, inte det vanliga glättiga välkomnandet, som annars brukade förekomma. De fyra samlades inne i Lundbergs kontor med dörren stängd. Till en början var det ett behärskat lugn därinne, för att snart övergå till höjda röster. Nanny och Anna tittade menande på varandra och båda undrade vad som utspelade sig på kontoret.

Efter en lång stund med hetsiga diskussioner kom Karl och Heinz ut därifrån, slokörade och med oro i blicken. De skyndade upp på ovanvåningen. Lundberg och Heinz far hade övergått till mer lugn konversation. En timme senare lämnade bilen gården med far och son, utan att ha fått någon mat serverad. Avskedet verkade ganska hastigt bestämt och endast Lundberg stod vid bilen, när den körde iväg. Karl syntes inte till.

19

Längs en grusväg strax utanför byn, mellan backarna i Bräcke, bodde Emil Ström. Han hade bott i sin stuga åtskilliga år och arbetat som skomakare där. Behovet av stövlar med träbotten var stort hos bönderna. Folket i byn hade kommit till honom och fått klackat eller halvsulat sina skor. Han var omtyckt och hade ofta en rolig historia att berätta för dem som ville höra.

Huset låg i lä för nordvästvinden och med utsikt mot byn. Ville han se havet behövde han bara gå längs stigen till möllan uppe på höjden. Där hade han en milsvid utsikt västerut, över havet till Danmark. I närheten fanns Krapperups slott och längre bort skymtade berget. Egentligen var det mer en långsträckt ås, vars högsta punkt inte översteg två hundra meter. Men för en skåning var det ett berg.

Emil hade aldrig varit gift, det hade inte blivit av, sade han till de som händelsevis frågade. Nuförtiden var det ingen risk att någon skulle ställa frågor, han umgicks inte med någon annan än sin närmaste granne, Gustav.

Gustav var änkling och ville inte flytta från huset där han och hustrun bott sedan de gifte sig och fick barn. Dessutom inskränkte sig hans sociala liv till umgänget med Emil och i viss mån till sporadiska besök av hans två vuxna barn.

De båda männen träffades varje dag, eftersom de hade dagstidningen ihop. Det var en praktisk och ekonomisk lösning för dem bägge. Denna dagen hade dock inte Emil kommit med bladet som vanligt och grannen antog att han var sjuk. Han kunde inte se Emils hus från sin egen stuga, någon telefon hade hans vän inte installerat på alla de år han bott där. Gustav tänkte inte mer på tidningen, inte förrän han skulle komma till ro för natten.

Emil brukade alltid komma efter sin frukost, när han läst HD. Därför gick Gustav nästa förmiddag bort till Emils stuga några hundra meter bort, bakom en av backarna, för att se hur det var med honom. Gustav var orolig att grannen var sjuk och behövde hjälp. Han knackade försiktigt på, men ingen svarade. Grannen gick in eftersom dörren var olåst, som den alltid var och ropade på Emil.

En kaffekopp stod på köksbordet intill en halväten smörgås. Gårdagens tidning låg uppslagen. Allt var oroväckande tyst, bara katten strök omkring och jamade. Den verkade hungrig. Den gamla Amerikaklockan på väggen tickade oroväckande. Någonting måste ha hänt som fått Emil att rusa därifrån, tänkte han och gick ut runt det lilla huset. Ett tiotal meter utanför stugan, i det halvhöga gräset fick han syn på Emil. Ögonen stirrade tomma, blodet hade stänkt upp i ansiktet, skägget var färgat rött. Han var död, huvudet var illa tilltygat på ena sidan. Blodet hade stelnat och bildade en rödbrun sörja under honom.

Gustav stod först som fastnaglad, men insåg att han var tvungen att skynda sig hem och ringa polisen. Växeltelefonisten förstod att det var något allvarligt och kopplade genast till polischef Bolin i Höganäs. Han fick platsen beskriven av en andfådd man och ryckte ut med sin närmaste man. Efter en knapp halvtimme var de på plats och visades till den döde mannen av grannen, som satt på en sten och såg vilsen och handfallen ut.

Bolin hade redan, eftersom grannen påstått att Emil verkligen var död, hunnit ringa rättsläkare och tekniker från Helsingborg. Området spärrades av och grannen fick lämna en fullständig redogörelse. Han var ordentligt skärrad av det inträffade och svamlade osammanhängande om gemensam tidning och Emils katt, men kunde ändå till sist berätta hur han hittade Emil. Att det var ett mord fanns det ingen tvekan om, det fanns inget som tydde på att han kunnat råkat ut för en olycka eller skadat sig själv.

Polischef Bolin hade en lång rock av obestämd färg, slokande mustasch som gjorde att han såg sorgsen ut. Men han var allt annat än sorgsen. Bolin var en gladlynt person, som oftast charmade alla i sin närhet. Han var dessutom lyckligt gift sedan tolv år och paret hade fem barn. Bolin hade ögon som kunde hitta en nål i en höstack. Åtminstone påstod folk i Höganäs det. Under hans tid som polischef hade det inte förekommit några allvarliga brott, en del inbrott eller fyllerislagsmål i Folkparken, var de mest vanliga.

Bolin hade innan teknisk personal var på plats, bilden ganska klar för sig. Givetvis hade han undvikit att klampa omkring och förstöra viktiga spår. Han noterade att en yxa låg intill den döda kroppen. Han såg inget blod på yxan, men ville inte röra den. Funderingarna kring sin egen undersökning behöll han tills vidare för sig själv.

Teknikerna anlände och gjorde en gedigen undersökning, innan den döde kunde transporteras därifrån. Grannen lovade att ta hand om katten. Han uppgav på polisens fråga att Emil hade en syster som enda släkting, någonstans i Småland, men kunde inte precisera var. Kanske var det i Växjötrakten, men han var inte säker.

Gustav tog katten i famnen och lommade iväg hem till

sin stuga. Han var rädd, ett otäckt mord i fridfulla Kulla-bygden hörde inte till vanligheterna. Han låste sin dörr omsorgsfullt och gav katten mat. Vem som kunde ha utfört dådet hade han ingen aning om, men hoppades att polisen snart skulle lösa fallet. Han började så sakta förstå att han inte hade någon vän kvar och skulle sakna den fåordiga gemenskap som de hade. Mest med prat om väder och annat trivialt över en kopp kaffe.

"Har Gustav hört eller sett något konstigt under går-dagen. Något som kan vara viktigt för utredningen?"

Nej, han hade inte märkt något ovanligt, hade han sagt. Men han hörde för all del dåligt nuförtiden, vid åttiofem års ålder var han nästan döv på ena örat. Några bilar hade han inte lagt märke till.

Senare på dagen mindes han, att det enda levande han sett under dagen, var två ynglingar till häst. Den ena var bestämt Lundbergs son, men den andre kände Gustav inte igen. Men det hade han glömt att berätta för Bolin i hastigheten.

20

En bankett på Brasiliens självständighetsdag ägde rum i staden. Oskar var inbjuden för att ta emot ett pris, men bävade inför uppgiften. Han lovade sig själv att så fort han fått priset och ätit av maten som bjöds, skulle han så obemärkt som möjligt smyga därifrån. Trots sina framsteg var han i sin blyghet rädd för uppmärksamhet.

Det skulle visa sig att det inte var så enkelt. Under måltiden hade han druckit en del öl och sprit, något han inte var van vid. Till slut tyckte han att det var riktigt trevligt på festen, musiken fick honom att koppla av. Klockan gick och han hade glömt sina föresatser. En mörk skönhet bjöd upp honom till en dans och Oskar som aldrig tagit ett danssteg följde med kvinnan. Spriten hade gjort honom självsäker, men lyckades inte få ordning på benen i den snabba samban. Yr och svettig hamnade han med kvinnan i en soffa efteråt. De satt tätt tillsammans, hon doftade gott. Berusningen gjorde honom svag.

Framåt morgonen vaknade han av att solen sken in i rummet. Han visste inte var han befann sig. Det tog en lång stund innan det gick upp för honom vad som hänt på natten. Han vände sig om och såg den främmande kvinnan bredvid sig. Hon sov fortfarande. Oskar letade upp sina kläder, klädde sig snabbt och lämnade rummet. Bakfull och på ostadiga ben lyckades han få tag på en taxi, som tog honom hem. Han försökte få ordning på tankarna och upptäckte en del minnesluckor. Han visste inte hur han hamnat hos kvinnan, han visste inte ens hennes namn. Men han kom ihåg, att han känt en stark åtrå till henne och inte kunnat motstå det hon erbjöd. I sitt berusade tillstånd hade han följt med kvinnan och legat med henne.

När han kom hem låg ett brev på golvet innanför dörren. Brevet var från Anna. Han satte sig vid köksbordet med brevet i handen, men vågade inte öppna det. Han grät för första gången i sitt liv och lät tårarna sugas upp av den blommiga bordsduken.

När han långt om länge läste Annas brev, i vilket hon berättade att hon var med barn, deras barn, blev han först chockad. Brevet var sakligt till en början, men han anade en viss oro från Anna. Hon berättade om att hon ville föda barnet och skulle bo på ett hem i närheten av Malmö, tills han kom hem. Oskar blev ändå glad när chocken hade lagt sig, men förstod vid närmare efter- tanke, att han borde vara hemma och hjälpa Anna. Han var så långt borta och skulle kanske inte hinna hem innan barnet föddes, även om han bestämde sig direkt.

Anna avslutade med att hon längtade och väntade på honom. Hon nämnde inget om sin anställning på gården och hur Oskars far hade reagerat, men han befarade det värsta. Han kände sin far utan och innan. Breven från familjen hade inte avslöjat något om Annas belägenhet. Det var som om de ville dölja sanningen.

Oskar vid den här tiden fått en del uppdrag från tidningar, som tyckte om hans sätt att fotografera och kommentera sina bilder. Det stärkte honom att fortsätta sitt arbete och trivdes med det. Han hade på kort tid lärt sig portugisiska så att han kunde göra sig förstådd.

Men nu hade brevet gett honom huvudbry. Samtidigt brottades han med skamkänslor för natten med kvinnan. Han skulle givetvis ta sitt ansvar och började sondera möjligheten, att få plats på ett skepp tillbaka till Sverige. Han skrev ett brev till Anna att han skulle komma så fort han kunde och hoppades att allt skulle gå bra för henne.

Oskar skrev också ett tydligt brev till sina föräldrar, där han förklarade att han skulle gifta sig med Anna när han kom hem. Han ville på så sätt göra klart för dem, att de skulle hjälpa flickan på bästa sätt tillsvidare.

21

Stämningen på gården var förändrad. Anna märkte att Karl var tyst och inbunden och Lundberg själv var på ett vresigt humör, som drabbade alla i hans närhet. Vad det var som orsakade denna missämja förstod ingen av de anställda. Drängen Anders hade hört något på omvägar, men var inte säker på ryktet. Han fick i uppdrag av Nanny och Anna att fråga sig fram.

De hade hört talas om mordet på den äldre mannen, inte långt från gården. Ihjälslagen. Mördad. Rubrikerna var stora i dagstidningen. Inte konstigt att folk blev rädda, när ett mord inträffade i den annars så lugna Kullabygden. Oron spred sig bland befolkningen. Anna var övertygad om att händelsen hade med Karl och Heinz att göra, mordet hade tydligen inträffat den dagen när de var ute och red. Bråket i stallet mellan dem skulle ju kunna tyda att något hade hänt under ridturen.

Annas mage hade börjat växa ordentligt. Det började bli svårt att utföra vissa av sina sysslor. Som tur var kom allt som oftast Nanny till hennes hjälp. Anna märkte hur barnet sparkade i magen och gladdes varje gång hon kände av rörelserna. Nu skulle snart vintern släppa sitt grepp och våren göra sin ankomst. Anna försökte se positivt på framtiden. Allt skulle ordna sig.

Lundberg hade inte sagt något mer efter den gången inne på kontoret. Han trodde då att Anna skulle tigande acceptera hans villkor, men hade blivit stum, när Anna öppnade munnen och berättade om sina planer.

"Oskar är far till barnet, så det är alltså ditt barnbarn jag bär i magen, tänk på det herr Lundberg. Jag tänker föda barnet och sluta min anställning strax innan födseln. Vart jag skall bli av därefter är min personliga ensak. Oskar har fått mitt brev och jag hoppas han förstår mig och kommer hem snart, så att vi kan bilda familj. Annars tänker jag lösa det på annat sätt."

Med de orden hade hon lämnat kontoret, darrande i hela kroppen av ansträngningen. Lundberg satt som en fågelunge och gapade, medan han begrundade hennes utfall. Anna var stolt över sig själv, att hon hittade kraft trots sin ungdom, att sätta sig upp mot sin arbetsgivare.

Efter den episoden hade han bara grymtat som vanligt, när de möttes. Vad han tänkte eller planerade var hon tack och lov alldeles ovetande om. Hon skötte sitt arbete, det kunde ingen klaga på.

22

Bolins utredning om mordet på Emil Ström gick sakta framåt. Han ansåg, eller trodde sig veta, att bästa sättet att lösa mord var att gå försiktigt och metodiskt tillväga. Fast han inte hade någon erfarenhet av sådant brott, bygden var förskonade från sådant under hans tid som polischef, hade han ändå en känsla. Men han skulle inte förhasta sig, innan bevisen var klara.

Emil hade dött av ett hårt slag i huvudet. Inte av yxan, såvida inte mördaren hade haft sinnesro att torka av den. Men det kunde vara ett annat verktyg, eller något liknande. Bolin hade sett spår av hästhovar i grusgången upp till stugan och funderade på vad det betydde. Många i trakterna hade hästar som de red omkring på, så det behövde inte betyda något. Men det var ändå värt att undersöka, tyckte polischefen. En idé dök upp i hans huvud. Kanske hade någon från hästryggen hotat Emil och drämt till honom med något hårt. Kanske ett gevär. Han förstod att han kunde vara ute på hal is, men det var värt ett försök.

På Lundbergs gård, som nu var hans nästa besök, hade man mycket riktigt ett jaktgevär, som man brukade skjuta harar och fasaner med. Men Bolin kunde inte själv fastställa om vapnet hade använts nyligen. På frågan vem som brukade jaga, svarade gårdens ägare att det var han eller sonen Karl. Polismannen nöjde sig med det beskedet tills vidare.

Nästa vapen tillhörde en änka, som efter sin döde make glömt att avregistrera vapnet. Det hade inte skjutits med på flera år försäkrade hon och absolut inte av henne. Hon avskydde allt dödande. Dessutom hade hon inte någon häst. Bolin trodde på henne och gumman bjöd honom på starkt kaffe, innan han körde vidare.

I trakterna av Brunnby fanns en liten gård, där nästa vapen skulle finnas. På gårdsplanen möttes Bolin av en ilsken schäferhund och vågade inte gå ur bilen. Hunden hade en lång kedja, som såg ut att räcka över hela gårdsplanen. Långt om länge kom en man ut från bostaden och hämtade in hunden. De hälsade och Bolin fick känslan av att gårdsägaren verkade avvisande mot honom. Efter att förklarat sitt ärende fick polisen motvilligt fram, att det fanns ett jaktgevär i huset, men att ingen hade jagat den senaste månaden.

Bolin beslagtog trots allt geväret, liksom han gjort med

Lundbergs. Han var inte särskilt övertygad om, att man skulle kunna fastställa om något av vapnen var det som dödat Emil Ström. Men det skadade inte att göra vapenägarna lite nervösa några dagar.

Samtidigt gjordes förfrågningar runt om i trakterna om man visste något om eventuell fiendskap mellan Emil och övriga i bygden. Det inkom en hel del intressanta uppgifter, som man nu satt och gick igenom i polishuset på Hamngatan i Höganäs.

Bolin snurrade sin mustasch och funderade. Emil hade legat efter med betalning för arrendet och hade ibland kommit i dispyt med den som skulle driva in summan. Dagen då Emil mördades, hade han haft besök av en man från gården som ägde marken. Skulle de ha kommit i bråk, som slutat i att Emil blev mördad?

Nu hade man hittat Emil Ströms syster i Växjö, som blev helt bestört över beskedet att brodern var mördad. De hade bara haft sporadisk kontakt på senare tid, eftersom Emil hade envisats med att inte skaffa någon telefon. De skickade julkort till varandra, men hade inte setts på flera år. Nu skulle hon givetvis komma ner och ta hand om begravning och annat praktiskt. Hennes son lovade att följa med.

23

Senare

Förmiddagstrafiken på E4 var ganska lugn. Vid Örkelljunga svängde hon av och fortsatte på länsvägen mot Munka-Ljungby. Därifrån var det bara en mil kvar till Ängelholm. Karin hade tagit ledigt på fredagen, så nu hade hon tre hela dagar för sitt besök i de gamla hemtrakterna.

På Solängen gjorde hon ett stopp för att träffa sin mamma. Det var en dryg månad sedan hon senast var där och hade då kört ner för dagen, när förestånderskan ringt och sagt att Ester hade trillat och skadat sig i huvudet. Hon hade snabbt repat sig, men fick ändrad medicin för blodtrycket.

Karin kom lagom till lunchen och hjälpte sin mamma med fiskgratängen. Hon åt inte så mycket numera och det tog sin lilla tid att få i sig portionen. Jordgubbskrämen åt hon med stor förtjusning.

"Minns du vårt jordgubbsland hemma? Du tyckte så

mycket om bären och vi fick stoppa dej ibland, så att du inte skulle äta upp alla jordgubbarna."

Karin log åt minnet och var glad, att hon kunde föra ett bra samtal med mamman. Hon verkade mycket lugnare nu, så medicinen för demensen var nog rätt doserad. När hon en timme senare lämnade sjukhusområdet för att fortsatta till väninnan Eivor i Skälderviken, körde Karin först en sväng bort till Prästgatan. Långt ner på gatan i området *Ängavången* låg hennes barndomshem, ett hus med rött tegel. Det var sig likt, tyckte Karin, men alla träd i kvarteret hade växt och gav ett annorlunda intryck, än hennes minnesbild.

Hon körde sakta förbi, medveten om att några bakom gardinerna antagligen observerade henne. Utanför huset stod några barncyklar och en basketkorg fanns på garageuppfarten. Antagligen bodde det nu en barnfamilj där.

Karin hade inte varit i området på många år och undrade hur många som bodde kvar i husen längs gatan. Hon antog att barndomsvänner flyttat hemifrån och föräldrarna sålt och nu bodde i lägenhet. Åren hade passerat, hon skulle nog inte känna igen någon där.

Hon mindes att i det gula huset var hennes barndomskamrat Bettans hem. De var bästisar och skolkamrater på lågstadiet. Två hus längre bort bodde Cecilia och hennes bror Janne. Det var honom hon fick sin första kyss av, när de hånglade borta vid lekplatsen och han tog henne på brösten. De hade båda varit fjorton år den gången. Hon var störtförälskad i en hel vecka, tills hon fick höra att han gjort samma sak med en annan flicka.

Karin log åt sina tankar och hoppade till när en man knackade på sidorutan. Hennes första instinkt var att köra därifrån, men förstod att det skulle verka underligt. Hon hissade ner fönstret en bit och såg på mannen. Hon kände genast igen honom, fast så många år hade gått. Ove Björk, han som folk påstod hade dödat grannens hund, genom att förgifta den. Det gick aldrig att bevisa, men folk på gatan hade dömt honom. Hon var helt säker på att det var han, och såg undrande på honom. Hans snusdoftande andedräkt var märkbar.

"Söker du nå'n?"

"Jag letar efter ett hus, som skulle vara till salu här." Lögnen kom oförberedd, hon ville köra därifrån.

"Då har du nog fått fel uppgifter, här finns inget hus till försäljning, som jag vet. Kanske på nästa gata?"

Karin nickade till svar och startade bilen. Gatan låg tyst och öde, förutom den gamle mannen som stapplade vidare. Hon fortsatte mot Skälderviken.

Eivor hade dukat upp med fint porslin och en härlig kycklinggryta väntade på spisen. De satte sig på uteplatsen med var sitt glas vin och chips, medan maten puttrade färdigt. Kvällen var varm, havets närhet märktes tydligt.

Eivor hade övertagit villan vid skilsmässan och hade inrett den med sin personliga stil. I den lilla trädgården prunkade blommorna i läckra färger, rosor var hennes favoritblommor. Det märktes att hon lagt stor vikt vid att låta ögat få upptäcka små detaljer, som hon omsorgsfullt placerat ut. En gammal bänk vid ett porlande vattenspel, några figurer i keramik, en pergola med klättrande klematis, allt gav en rofylld känsla och harmoni.

De hade känt varandra sedan gymnasietiden på Rönneskolan och vänskapen fortsatte, även om de inte träffades så ofta under några år. Familjebildning och flytt till annan ort gjorde att träffarna blev mer sporadiska. Karin tyckte om Eivors uppriktighet, men vid något tillfälle under ungdomsåren blev de ovänner, när Eivor kritiserade valet av Karins pojkvän. En vecka senare var Eivor tillsammans med honom och det fick Karin att bli rasande på henne. Allt ordnade sig, när Eivor gjort slut med killen tre veckor senare och de blev vänner igen.

Det var aldrig en tråkig stund med Eivor. Hon var full av upptåg och hade många idéer, som sprutade ur henne.

Därför var inte Karin överraskad, när Eivor nästa dag förklarade att de skulle cykla iväg längs kusten, bort mot Magnarp. Grannen hade lånat ut en cykel till Karin och efter frukosten packade de en matkorg och trampade iväg.

De passerade Skepparkroken efter två kilometer och fortsatte genom en skog med många sommarstugor, innan de var framme i Björkhagen. Eivor visste att det fanns ett litet konstgalleri där och ville överraska. Karin blev glad över pausen, cyklingen började kännas i ben och rumpa. Tre kvinnor hade utställning i galleriet, med oljemålningar och akvareller. Deras målningar var utmärkta, Karin blev positivt överraskad över alla duktiga amatörer, som vågade ställa ut.

Färden fortsatte till Magnarps hamn, där de slog sig ner i gräset och vilade ut. Vädret var på ett strålande humör, sommaren dröjde sig kvar. Den svaga havsbrisen var behaglig och Karin kände att hon kanske så småningom skulle flytta ner till Skåne och vara nära havet. Hon trivdes bra i Småland med bra insjöar, men hon var uppväxt med havet nära inpå sig.

Kullaberg avtecknade sig på andra sidan viken, några semesterseglare letade efter vind, badstranden intill var välfylld av badande. De såg drömmande ut över havet.

"I höst skall det bli en utställning på Krapperups konsthall", sa Eivor och nickade mot Kullaberg.

"Varför inte lämna in några av dina målningar för bedömning?"

Karin blev överraskad över väninnans spontanitet och såg undrande på henne. En gång hade hon besökt konsthallen och sett den fina konsten som visats, glas, keramik och målningar. Men hon hade aldrig haft tanken på att själv en gång få vara med där.

"Men det är väl bara yrkesverksamma och bosatta i Skåne, som får ställa ut där?"

"Jag känner någon som skulle kunna fixa det. Det gäller även för sommarboende, så du kan ju ha min adress som bostad en månad. Eller hur?"

Överrumplingen var total och så typisk för Eivor. Ju mer hon funderade på förslaget, lät det väldigt lockande. De skrattade, men samtidigt var allvaret närvarande i den sköna sommardagen.

De dukade upp sin matkorg, med ägg, tonfisksallad och bröd och åt med god aptit. Starkölen smakade gott i värmen och de blev dåsiga och fnittriga, som tonårsflickor. Karin tyckte det var skönt att ha Eivor som vän.

"Hur var det, hade du släktingar där borta på andra sidan? Jag har för mig att du berättat det någon gång."

"Mina morföräldrar bodde i Höganäs, men jag har bara ett vagt minne av dem. Morfar dog när jag var fem och mormor några år senare. Vi träffade dem inte så ofta."

"Men har du inga andra släktingar, mostrar, morbröder och kusiner på den sidan?"

"Kusiner har jag nog, men vet inte var de finns. Jag har inte träffat dem i vuxen ålder. Andra släktingar är döda."

Karin såg ut över havet och försvann i sina tankar. Det var något som hon funderat över, men kom inte på vad det var. Stämningen blev en aning dyster och Eivor tog kommandot för att höja stämningen.

"Nu badar vi, innan vi cyklar hemåt. Sist i plurret är en kruka", sa hon och drog fram sin baddräkt.

Karin var med på väninnans idé och snart låg de ute i det salta havsvattnet.

På kvällen, innan hon somnade, låg hon och funderade på Eivors förslag. En utställning i den omtalade konsthallen skulle vara något alldeles extra. Trakten var ju känd för sina duktiga keramiker och andra konstnärer, så det kunde bli en riktig utmaning. En värdemätare.

Nästa dag gick de den branta stigen ner till hamnen och kom lagom till *Laxens* avgång till staden. Flera turer om dagen gick båten på Rönneå fram och tillbaka till Ängelholm. Den slingrande ån kantades av hus och sommarstugor och på några ställen av skog med vackra träd. Vid *Tullakrok* hade många familjer tagit med en matsäck och tillbringade dagen där med lekar och musik.

I Hembygdsparken tog de en lätt lunch, innan de tog bussen tillbaka.

24

Tidigare

Ꝟintern var förbi och förberedelser inför allt som skulle skötas i jordbruket var i full gång. Snart skulle de första potatisarna i jorden, de väntade med stora groddar i sina lådor. Lundberg hade köpt en traktor och hade tränat drängen Anders i den svåra konsten att hantera den. Anders lärde sig snabbare än förväntat och såg fram emot att slippa slita med hästarna.

Anna började bli otympligt stor och visste inte hur länge hon skulle kunna arbeta. Det var en månad kvar till den förväntade födseln och hon ville gärna orka tre veckor till. Hon hade varskott Lundberg om det. Som vanligt avslöjade han inte vad han tyckte, utan ignorerade henne totalt. Nanny hjälpte henne med mycket nu på slutet och ställde upp, så fort hon såg att Anna behövde vila, eller tog själv på sig tyngre sysslor och gav Anna de lätta.

Siri Lundberg hade på senare tid varit ovanligt frisk, kanske berodde det på den annalkande våren. Hon gladdes åt Annas blivande barn, men hon hade inte pressat Anna på vem som var far till barnet. Anna berättade inget och antog att Siris man inte sagt något. I annat fall skulle hon väl vara mer intresserad av sitt blivande barnbarn. Det gick inte att bli klok på herrskapet Lundbergs tankar och avsikter. Fru Lundberg visste nu att Anna tänkte lämna gården och medgav att det var tråkigt, men visade inga känslor.

Kanske allt ordnar sig när Oskar kommer hem, tänkte Anna. De skulle kunna leva sitt familjeliv utan att behöva ligga hans föräldrar till last. Om de var intresserade att träffa barnet var de välkomna, men Anna tänkte inte begära någon hjälp från dem. Hon hade en trumf att spela ut mot husbonden, även om han givetvis skulle neka till allt.

Oskar hade skrivit ett brev till henne. Hon läste det flera gånger varje kväll innan hon somnade. Hon blev väl till mods av raderna han skrev och såg med glädje fram mot hans återkomst. Om tre veckor hade han skrivit. Brevet var avsänt för en vecka sedan.

Tidigare söndagar hade hon fortfarande träffat sina kamrater nere vid hamnen. När snön låg kvar hade de andra åkt kälke nerför *branta backen,* men själv hade hon inte vågat sig på det. Lisa och Emma hade varit där och Anna märkte att Lisa hade blickar för en av pojkarna i gänget. Alla visste att Oskar var far till Annas barn, hon gjorde själv ingen hemlighet av det längre. Hon kände sig säker i sin kommande roll som mamma, även om hon var ung. Oskar skulle bli hennes stöd, han hade lovat det och Anna kände sig lycklig och förväntansfull.

De senaste dagarna när hon varit ledig, hade hon rest med tåget till Höganäs och besökt sina föräldrar. Hennes far hade så småningom accepterat att dottern skulle föda ett barn och att det var Lundbergs äldsta son som var far till det. Det kändes skönt att komma hem och få prata med sin egen familj en stund.

25

Den tekniska undersökningen visade att de båda beslagtagna gevären hade använts för inte så länge sedan. Men ingenting tydde på att Emil Ström skulle ha bragts om livet med en gevärskolv. Bolin funderade på hur han skulle gå tillväga för att få fast mördaren. Han bestämde sig för att börja med Lundberg och åkte till gården i tjänstebilen, en svart Chevrolet.

Efter ett långt förhör med Nils Lundberg, fick han till slut ett erkännande. Hans son Karl och en tysk jämnårig kamrat hade varit ute den aktuella dagen, för att skjuta harar.

Bolin hade hört talas om Lundbergs intresse och kontakter med nazister i Tyskland och antog, att denne kamrat på något sätt hade en koppling till dem. Han lät det passera för tillfället och bad om att få träffa sonen. Karl var just hemkommen från skolan och såg skräckslagen ut, när han satte sig ner framför polismannen. De sorgsna mustascherna rörde sig när Bolin pratade och spände sina ögon i Karl.

"Berätta vad som hände den dagen."

"Heinz och jag red ut för att skjuta någon hare", började han och hade svårt att hitta orden. Han var märkbart nervös, men försökte behärska sig.

"Vi såg inte till någon hare först, men efter en stund när vi kommit längre bort mot Brunnby, fick vi syn på en. Heinz tog geväret från mig och sköt, han träffade direkt. Då kom jag på att det inte var våra jaktmarker och det dröjde inte länge förrän gårdsägaren och hans dräng dök upp. Det blev bråk, jag ville lämna haren till dem, men Heinz förstod inte vad vi pratade om, han antog väl att vi var hotade. Så han riktade geväret mot dem och skrek fula ord på tyska."

Bolin tog in informationen och undrade vad som hände därefter. Karl berättade att de slängde haren ifrån sig och red hem så fort de kunde. De var tvungna att berätta för Karls far, som direkt ringde och bad om ursäkt. Därefter hade allt lugnat ner sig, men Heinz blev hemskickad.

"Detta hände samma dag som en gammal man blev mördad inte långt från platsen där ni var. Är det inte ett underligt sammanträffande?"

Karl tyckte självklart också det, men försäkrade att de

inte var inblandade i något mord. Bolin var nöjd för tillfället, på något vis ville han tro på grabben, men förstod att han skulle få anledning att återkomma. Det var bäst att hämta den tyske ynglingen till förhör. Bolin hade lärt sig språk i skolan, men tyska var han dålig på, så han fick via en tolk redogjort för sin begäran.

26

$\mathfrak{N}$ågra fler besök av tyskar från nazistpartiet hade inte förekommit på gården under den senaste månaden. Men Nanny visste att Lundberg ofta pratade i telefon med någon på ett främmande språk. Så hon förstod att han uppehöll kontakterna.

Hon lyssnade ofta på radion om kvällarna, tyckte om musikprogrammen, men även nyheter som rapporterades där. Hon gjorde sin egen bild av händelser ute i världen.

Nanny förstod att det var depression i Tyskland och en man såg sig själv vara den som kunde lösa landets ekonomiska problem. Han fick snart folket med sig och fick genom sitt nazistiska parti makten. Folket i Tyskland såg upp mot denne självutnämnde ledare, som ville förverkliga sin dröm om ett rike, där tyskarna skulle härska.

Nanny lyssnade och försökte förstå innebörden av vad förföljande av oliktänkande personer och judar skulle kunna innebära. I hennes öron lät det främmande, för att inte säga hemskt. Diktatorn hade dessutom börjat

"

rusta för krig, upplyste nyhetsmannen.

Hon stängde av radion och sjönk in i sina egna tankar. Hon undrade om detta skulle kunna påverka Sverige också, där nu en del tydligen anslöt sig och sympatiserade med nazisterna. Nanny var rädd, inte bara för sin egen skull. Ibland pratade hon med Anna om det som skedde i världen, men ville inte oroa henne alltför mycket, nu när hon snart skulle föda sitt barn. Den dagen, den sorgen, som hennes mor brukade säga.

I sina svåra stunder längtade hon bort från gården, bort från den odräglige Lundberg, till något annat. Men hon visste inte till vad, hon hade inga kontakter med släktingar, ingen hon kunde få något råd av längre. Just nu blev hon kvar för Annas skull, men vad skulle hända när flickan åkte iväg för att föda barnet. Vad skulle det bli av henne själv? Hon orkade inte tänka på det, kanske fanns det någon lösning senare.

Annas beslut att föda sitt barn på mödrahemmet utanför Malmö, var nog ett klokt beslut. Oskar väntades hem inom två veckor och kom antagligen lagom hem till födseln. Så var det tänkt.

Problemet var förstås var de skulle bo och om Oskar skulle få ett arbete, men det tycktes inte oroa Anna det minsta. Nanny tyckte ibland att det var ungdomlig naivism, men ville inte komma med några pekpinnar. Enligt Anna skulle Oskar få arbeta hos fotograf Lind, så kanske oroade hon sig i onödan.

Den senaste tiden hade Nanny fått hjälpa Anna en hel del, till viss del på bekostnad av hennes eget arbete. Hon hade inte hunnit baka bröd i samma utsträckning som tidigare och Lundberg hade protesterat mot alltför många räkningar på bröd, inköpt i byns bageri. Men hon hade inte orkat lyssna på honom, bara slagit dövörat till.

Kvällen var sen, hon knackade på hos Anna för att se till att hon mådde bra, innan hon själv skulle komma till ro för natten. Det hade varit en ansträngande dag.

Fullmånen lyste över gården, luften var sval men doftade vår. Anna var på väg att lägga sig, så Nanny stannade inte så länge.

De kommande dagarnas händelser skulle för alltid etsa sig kvar i Nannys minne och inte lämna henne någon ro.

27

Senare

Ett glädjande besked hade kommit från styrelsen för konsthallen. De bilder som Karin skickat in blev klart godkända och hon var välkommen att lämna in målningar till utställningen. Inte fler än fem poängterade man.

Karin kände en pirrande känsla inför den kommande vernissagen. Eivor hade visserligen sagt att hon fick bo hos henne, men det skulle innebära flera mils körning varje dag, så hon försökte hitta något på närmare håll. Dessutom ville hon vara på plats de flesta dagarna och även göra små utflykter i Kullabygden under en vecka. Utställningen skulle pågå under en hel månad, så hon skulle vara tvungen att åka hem och återvända efter periodens slut.

Hon hade gott om tid att bestämma vilka målningar hon skulle ta med och hade redan fyra givna favoriter. Med lite tur skulle hon nog hinna med ytterligare en, som hon länge tänkt göra, en som stack ut lite extra. Skissen hade hon klar, det var bara att sätta igång.

Karin ringde sina barn och berättade nyheten. De lovade att komma till vernissagen, glada över att hon vågade.

Hon ringde till Turisthotellet i Mölle och bokade in sig för en vecka. Det skulle kosta en hel del, men orkade inte bry sig om pengar just då. Kanske skulle hon få sålt några av målningarna och på så sätt finansiera vistelsen. Svårigheten var att bestämma priserna på sina tavlor, men trodde hon hittat en lagom nivå. Kanske skulle utställningen bli en språngbräda till ett fortsatt konstnärsliv, som hon gärna ville ägna sig helhjärtat åt.

Hon tog fram sin drömbok, där hon skrivit ner sina tankar den senaste tiden. Karin läste tankarna hon satt på pränt och tanken på att flytta ner till Skåne började fastna mer och mer. Vad hade hon för anledning att stanna kvar i Småland? Arbetet förstås. Men ibland måste hon våga göra något annat, kasta sig ut i det okända och satsa på något nytt.

Karin kände knappt igen sig själv i den djärva tankegången, men beslutade sig för att undersöka alla möjligheter. Hon skrev in ordet *flytta* i sin bok och lade till ett frågetecken, efter en viss tvekan.

28

Tidigare

𝕱artyget lossade sina förtöjningar och stävade ut från hamnen. Oskar hade i all hast samlat ihop sina tillhörigheter, när han plötsligt fick beskedet att ett fartyg skulle avsegla mot Europa.

Resan över Atlanten skulle innebära hårt arbete för honom i minst två veckor, men han var beredd på det. Den hamn man först skulle gå till var Rotterdam, för att lossa bananer. Tre dagar senare skulle fartyget avgå med Göteborg som destination. Han hoppades att fartyget inte skulle råka ut för några missöden. Stormar var vanlig vid denna tiden på året. Det enda Oskar egentligen var orolig för var, om han skulle hinna i tid till barnets födelse.

Brevet han fått från sin far två dagar tidigare, gjorde Oskar både frustrerad och ledsen. Fadern hade för första gången kommenterat att Anna var med barn. Pigan skall föda en horunge, hade han skrivit. Enligt honom hade Anna varit i Mölle ett flertal gånger på Hotell Kullaberg direkt efter att Oskar lämnat hemmet. Där hade hon träffat någon man, som gjort henne med barn och ville nu göra sken av att Oskar var far till barnet.

Det var med stor förtvivlan han gick ombord, ovetande om vad som väntade hemma på gården. Skulle hans Anna ljuga i sina brev, för att få honom att ta på sig ett faderskap? Han var inte beredd att tro på det, inte förrän han pratat med Anna själv. De hade ju haft det fint tillsammans under sommaren och han ville så gärna lita på henne.

Själv hade han fallit för frestelsen att gå i säng med en annan kvinna. Det var ingen ursäkt att han varit berusad den gången. Han hade pratat med henne vid något tillfälle efter den kvällen, men gjorde klart att han inte ville inleda något. Så småningom hade han förträngt händelsen, men nu kom tankarna på den kvällen upp i hans medvetande igen.

Oskar slumrade in i en orolig sömn i sin koj, medan skeppet stävade ut på öppet hav, bort från det land som varit hans uppehållsplats under hela åtta månader. Han skulle sakna sina nya vänner, arbetet med reportage och bildskapandet. Hemma väntade nya utmaningar, förstod han.

29

På polisstationen i den före detta folkskolan på Strandgatan, satt Bolin med två ynglingar framför sig, Karl och Heinz. Polischefen var tacksam för att han fått en tolk till hjälp under förhöret. Han var också lite stolt över att ärendet tagit sådana proportioner, nästan som en internationell utredning, tyckte han själv. Något liknande hade aldrig förekommit i Höganäs.

Folk följde fallet med stort intresse. I pressen hade Bolin låtit påskina, att det minsann inte var någon lätt utredning. Hans tanke var att det skulle det verka som en bragd, när han till sist kunde avslöja vem mördaren var.

Tidigare i veckan hade han förhört en man som själv tagit kontakt med polisen. Mannen hade uppgivit att han varit hos Emil Ström tidigt på dagen, kanske vid niotiden på morgonen. Godsägaren hade skickat ut honom, för att driva in arrendet för den lilla täppa som var Emils. Ström låg visserligen efter ibland med betalningen, men denna gången hade han betalat sin skuld och dessutom bjudit mannen på en kaffegök.

Bolin hade satsat allt på ett kort och tidigare på dagen förhört de båda ynglingarna var för sig. De hade till sist erkänt att de varit vid Emils stuga. Han hade kommit ut från huset när de red förbi, alldeles intill stugan. Emil hade rusat ut och ropat åt dem. Enligt Karl, hade Heinz reagerat vid ordet *nazister,* som Emil skulle ha uttalat på ett nedlåtande sätt. De hade då ridit fram till mannen och försökt resonera med honom. Karl hade då försökt lugna ner Heintz. Men Emil hade plötsligt en yxa i handen och skrämde hästarna, så att de oroligt stegrade sig framför honom. Plötsligt låg han i gräset, träffad av en av hästarna.

Deras förklaring till händelsen var samstämmig, utom på en punkt. Bolin snurrade sin mustasch och tittade under en minut i sina papper, mest för att skapa en nervositet hos pojkarna. Till slut rättade han till glasögonen och såg på dem.

"Ni erkänner alltså att ni orsakat Emil Ströms död, men kan inte med säkerhet avgöra vems häst det var som sparkade omkull den stackars mannen? Ni går så långt att ni skyller på varandra. Har jag uppfattat det rätt?"

De båda pojkarna såg medtagna ut efter pressande förhör och ville helst av allt komma ut därifrån. Båda förstod allvaret, men ingen ville ensam ta på sig skulden.

Utredningen kom inte längre, nu var det upp till domstolen att avgöra straffet för Karl och Heinz. Tills vidare skulle de få stanna i häktet.

Bolins sammanfattning i rapporten till åklagaren var, att det inte kunde bevisas vem av de två ynglingarna, som var mest skyldig till dråpet, som det nu rubricerades som. Ett bråk hade urartat till ett olyckligt dödsfall, orsakat av två minderåriga pojkar.

Det var med dessa ord han senare mötte pressen med.

30

€n bil rullade in på gården. Det skulle komma gäster hade Lundberg sagt till Nanny, som hade förberett lunchen. Anna hjälpte till med att duka bordet och Siri Lundberg dekorerade med låga blomsterarrangemang. Det skulle servers panerad kålrabbi med böckling och potatis, stekt i smör. Flaskan med svagdrickan stod redan på bordet.

Nanny såg genast vem gästerna var och viskade varnande till Anna. Lundbergs syster med man gjorde en av sina sällsynta vistelser på gården. De båda i köket anade vad som föranledde deras besök, men sade ingenting. Anna var spänd och ville inte servera gästerna, men Nanny tyckte hon skulle försöka. Mest för att visa att hon inte tänkte rätta sig efter Lundbergs och systerns eventuella planer.

Anna satte näsan i vädret och serverade gästerna, med hjälp av Nanny. Hon kände blickarna från lunchgästerna, som dock inte sade något. I köket sjönk hon ner på en stol, alldeles slut. Hon kunde fortfarande känna de förnedrande blickarna som riktades mot hennes mage. Siri bara log som vanligt. Hennes man verkade vara upptagen med ett samtal om skörden på gården. Anna undrade vad som var på gång.

Vid desserten bad Lundberg Anna stanna kvar vid bordet. Hon kände tårarna bränna innanför ögonlocken och kämpade för att hålla dem borta. Han presenterade henne för gästerna, utan att förklara att pigan, som han envisades att kalla henne, skulle föda hans barnbarn.

"Vårt avtal om barnet står fast", sade han som om han var den som skulle avgöra hennes liv. Domen var fastställd och han väntade sig inget mothugg.

"Min syster här är beredd att ta emot barnet, när du har fött det, mot den ersättning vi pratat om."

Systern log ett avvaktande leende. Anna stirrade på dem i stum tystnad. Siri var upptagen med att skrapa på en osynlig fläck på bordsduken. Tystnaden i rummet var total, så när som på väggklockans tickande. Karl iakttog alla runt bordet. Han var kuvad av fadern efter polisförhören, men hon upptäckte att ögonen var fulla av förakt av henne. Han hade märkt att Anna sett honom och Heinz i stallet efter episoden med Emil.

Från köket intill hördes inget slammer längre, Anna förstod att Nanny lyssnade vid dörren. Hon visste inte om de väntade på något svar, ett svar som skulle passa dem, för deras generösa erbjudande. Eller att hon bara skulle niga och gå därifrån. Anna visste inte med säkerhet, men stod kvar. Hon samlade sig, men tårarna gick inte att stoppa. Trots det fick hon fram sitt budskap.

"Vad jag vet har vi inget avtal alls, jag tänker behålla mitt barn själv och tänker inte låta någon ta det ifrån mig. Oskar är far till barnet, han är på väg hem. Jag säger upp min anställning och slutar om en vecka."

Hon riktade orden mot Lundberg, som satt tyst för en gångs skull. Han hade hört orden tidigare och förstod nu, att hon inte ändrat sig. Gästerna tittade förundrat först på pigan och sedan på Lundberg. Överrumplade. Siri såg besvärad ut och vågade inte se på sin man.

Anna rusade in till sin kammare, ville stänga ute allt och bara få lugn och ro. Hon såg sig i spegeln och möttes av blekblå ögon med en skrämd blick. Hon gav ett ljud ifrån sig, som klipptes av i en snyftning.

$\mathfrak{H}$elst av allt kände Anna, att hon velat vara i trygga händer på mödrahemmet, där hon bokat plats. Som tur var fanns Nanny till hennes hjälp. De senaste dagarna hade hon känt, att det skulle bli svårt att arbeta mer på gården nu. Efter allt som hänt.

Händelsen i matsalen, där det var tänkt att hon skulle falla till föga inför Lundberg, hade tagit slut på krafterna. Hon hade visserligen gjort klart för dem om sitt beslut, men känslan var ändå, att något skulle hända henne. Anna var rädd. Rädd för Lundberg, men mest för hans son Karl. Nätterna var svåra, då hon försökte hitta rätt ställning med kroppen, för att kunna sova.

Den första värken kom plötsligt. Hon hade läst om vad som skulle ske med kroppen vid förlossningen och var ändå inte överraskad.

Men det var ju inte dags ännu!

Hon var ensam i sin rädsla. Anna förstod att hon borde vara på Mathildenborg och få all hjälp vid födandet. Hon såg att det var mörkt ute, väckarklockan visade på några minuter över tre och ingen skulle vakna ännu på flera timmar. I bästa fall skulle Nanny komma vid sextiden som hon gjort sista tiden, för att se att allt var bra.

En ny värk fick henne att skrika till, men rösten var för svag för att någon skulle reagera. Anna längtade efter sin Oskar och förstod att han inte skulle hinna hem. Hon hade behövt hans trygga famn. Hon var utlämnad åt sig själv.

Anna försökte resa sig upp ur sängen, kände det våta under sig och sjönk ner igen, samtidigt som nya värkar kom ännu tätare nu. Hon försökte uthärda smärtan. Hon skulle inte orka gå till bostadshuset och påkalla hjälp och en förtvivlan grep tag i henne. Hon bad till Gud.

Än så länge hade inte dagen börjat gry, det hade bara gått en timme sedan den första värken. Kanske skulle hon stå ut två timmar till och hoppades att Nanny visste vad som skulle göras. Anna förlitade sig på hennes kloka råd, fast hon visste att gårdens hushållerska inte hade egna erfarenheter om barnafödande.

Hon var svettig av ansträngningen, värkarna kom oftare nu. Bara några minuter mellan varje. Det kändes samtidigt som om barnet var på väg ut. Hon förstod att barnet skulle födas utan att någon fanns till hjälp.

32

Strax efter klockan fem vaknade Nanny plötsligt. Hon förstod inte vad som fick henne klarvaken, väckarklockan hade ju inte ringt ännu. Kanske var det något ljud som väckt henne. Något sade henne att hon borde gå bort och se till Anna, som hade verkat lite orolig i går kväll. Inte konstigt efter senaste tidens påfrestningar.

Hon hade fått en extranyckel till pigkammaren, när hon inte fick något svar på knackningen, låste hon upp med nyckeln hon hade i fickan på förklädet. Just som hon vred runt nyckeln hördes ett barnskrik. Nanny såg sig om och smög in.

I den blodiga sängen låg Anna alldeles medtagen. Intill henne låg hennes barn, delvis naket. Nanny förstod att födseln nyss hade hänt, kanske bara en halv timme tidigare. Hon hade inte haft möjligheten att slutföra födandet på bästa sätt, så Nanny satte igång med att värma vatten på kokplattan, samtidigt som hon tog hand om de praktiska sakerna. Hon insåg att det var ett barnskrik som väckt henne. Anna var helt slut, orkade inte prata.

Efter en stund låg både mor och dotter intill varandra. Nanny förstod att Anna hade förlorat mycket blod och skulle behöva komma under vård på sjukhus. Barnet såg ut att må bra, men behövde också tillsyn av kunnig personal. Men framför allt behövde flickan mat och Nanny försökte få Anna att låta barnet suga på bröstet. Det såg ut att fungera för stunden.

Nanny rusade in i huset och tog fram rena lakan för att bädda rent i pigkammaren. Gick in i köket för att hämta något ätbart till Anna. Lundberg stod plötsligt i rummet och undrade varför det inte fanns någon frukost framme. Hon var tvungen att berätta vad som skett under de tidiga morgontimmarna. Han såg bistert på henne, men sade ingenting. Hon rusade ut till Anna och lämnade gårdsägaren åt sitt öde. Han skulle vara tvungen att koka sin gröt själv nu. Hon hade viktigare saker för sig.

Den nyfödda hade somnat och Anna såg också ut att behöva ta igen sig. Men Nanny tyckte det var viktigt att få rent i bädden, så hon bad henne att försöka sätta sig en stund vid bordet och äta en smörgås. Med viss möda lyckades Anna ta sig upp, men höll på att falla omkull. Hon var yr och det gjorde ont där nere. Tårarna rann nerför kinderna, av känslor som var blandade.

Nanny hjälpte henne försiktigt, kokte en portion gröt och gav henne att äta. Medan Anna tuggade i sig, bäddade hon sängen och vädrade ut. Hon såg till att mor och dotter kom till ro, innan hon var tvungen att gå till bostadshuset och förbereda dagens lunch. Nanny anade att det inte gick an, att hon lät barnafödande stå i vägen för sina plikter. Men det fick bära eller brista.

Hela tiden gick tankarna på Anna och hennes barn. Flera gånger smög hon bort till kammaren för att se till dem. De sov mest hela tiden, vilket gjorde henne trygg för stunden. Men hon tänkte på hur de skulle kunna klara av en resa till Malmö. Kanske borde de vänta några dagar. Hon beslöt sig för att innan kvällen meddela Annas föräldrar. De hade nyligen installerat telefon visste Nanny och hon hade fått deras nummer av Anna.

Hon tvingade Anna att äta maten hon kom med, för barnets bästa och för att få krafterna tillbaka. Men Anna verkade inte bry sig om något för tillfället och det gjorde Nanny orolig.

När hon kom dit någon timme senare var maten orörd. Barnet skrek, men Anna orkade inte ta henne till sig för att ge henne mat. Verkade apatisk. Nanny hjälpte till så gott hon kunde, men det skulle bli ohållbart för henne att klara av att sköta om dem och samtidigt arbeta. Hon märkte att Annas blödning fortsatte. Hon måste få vård förstod Nanny.

Det var snart kväll, solen hade gått ner och hon måste göra något snarast. Lundberg satt i sitt kontor och pratade i telefon. Han såg upp, men gjorde inte en min av att avsluta inom den närmaste tiden. Nanny var villrådig.

Hon tog på sig kappan och begav sig till skräddare Hilmer Persson och hans fru, som hon blivit bekant med. De bodde inte så långt bort, så hon skulle vara tillbaka en halv timme senare, räknade hon med. Hilmer öppnade genast, han och hustrun satt och lyssnade på nyheter på radion. Han ringde upp numret till Annas föräldrar åt henne. De blev glada av nyheten att Anna fött ett barn, men blev också oroliga, när Nanny berättade om komplikationerna. Det var sent på kvällen, men de lovade att nästa dag ta kontakt med mödrahemmet för att få råd.

Anna kände sig så svag och otillräcklig, hon hade behövt sköta sitt barn, men orken fanns inte där. Barnet skrek igen och ville ha mat. Hon vände sig på sidan mot väggen, hoppades få krafter att resa sig upp och ta sitt barn i famnen. Viska till det att allt skulle bli bra.

Dörren öppnades och hon blev glad att Nanny var tillbaka. Anna vände sig om men såg inte klart i skumrasket. Någon tog hand om barnet och gick mot dörren.

Hennes första tanke var att det var skönt, så hon fick sova. För sent förstod hon att det inte var Nanny!

Anna blev desperat, reste sig mödosamt från bädden och stapplade mot inkräktaren, som lämnade kammaren. Anna försökte skrika, men ljuden kom aldrig över hennes läppar. Hon blev yr och föll handlöst till golvet. I fallet rev hon ner bordsduken med fotogenlampan. Därefter blev allt svart.

*

Nanny skyndade sig tillbaka till gården. När hon kom in på gårdsplanen såg hon i kvällsmörkret en figur, som skyndade sig in i bostaden genom huvudingången, med något i famnen.

Hon befarade det värsta, när hon plötsligt kände röklukten och såg eldsflammor som slickade taket på gårdslängan, där Anna hade sin kammare. Hon blev alldeles panikslagen av rädsla och rusade dit, slet upp dörren och såg Anna ligga orörlig på golvet. Lågorna slog emot Nanny, hon kunde omöjligt ta sig i rummet, som var ett enda eldhav. En svart rök vällde ut mot Nanny.

Samtidigt kom alla på gården rusande, sist av alla var Karl. Drängen försökte gå in och dra ut Anna, men röken var för kraftig, gjorde det omöjligt. Han fick också reti-

135

rera och gav upp försöken att rädda flickan. Lundberg hade ringt Höganäs Borgarbrandkår, som med brandchef Nyman i spetsen kom med två bilar. Även en bil från Mölles frivilliga brandkår fanns på plats strax efter.

Nanny skrek åt dem att göra något, men det var för riskabelt att gå in i kammaren ansåg Nyman. Hon var alldeles för upprörd för att stå kvar och se hur Anna och barnet blev lågornas rov. Hon sprang in till sitt och i sin förtvivlan samlade hon ihop sina saker i en väska, för att lämna gården.

Elden var släckt, alla stod alla kvar och såg hur halva gårdslängan hade brunnit ner. Fru Lundberg grät, hennes man gick omkring och pratade med Nyman om något praktiskt, medan drängen Anders såg ledsen ut, när han såg mot de vattenbegjutna askresterna efter en gårdslänga och den unga pigan.

En del nyfikna hade samlats på avstånd, vägledda av brandkårens sirener och den svarta röken. Ryktet spred sig snabbt om att pigan hade blivit innebränd. Någon trodde att en förbannelse drabbat gården. Först mordet på Emil Ström och nu var pigan Anna Nilsson innebränd.

Ingen märkte i uppståndelsen, att Nanny smög iväg, bort från gården hon arbetat på de senaste sex åren. Bort från hemska upplevelser, för att aldrig återvända.

Minnet av Anna bleknade och försvann i mångas medvetande, som trädens blad efter vinterns första frost. I allas utom i Oskars.

En vecka efter branden kom han hem. Oskar märkte att allt var förändrat. Eldsvådan hade ryckt ifrån honom det käraste han hade. Det han hade längtat till. Det som var anledningen till hans resa hem. Han kunde inte ta det till sig och anklagade sin familj för det inträffade.

Oskars mor försökte trösta, men det hjälpte inte. Fadern var upptagen med annat, tycktes inte ha några känslor i kroppen. Oskars bror, Karl var som en främmande människa, som undvek honom totalt.

Han beslöt sig för att bryta kontakten med sin familj.

Senare

33

Turisthotellets gamla charm tilltalade Karin, även om det så här års var glest med folk i Mölle. Sommarens turister hade återvänt till sina arbeten och den lilla orten vid foten av Kullaberg andades ett slags lugn. Folket i byn hade sedan länge slutat hoppas på att få en matbutik, underlaget var helt enkelt för svagt. Istället fick man handla sina varor i Brunnby eller Nyhamnsläge, en halv mil bort, om man inte som många pendlare gjorde sina inköp i Höganäs.

Som turist var det som en lisa för själen att ströva runt bland de låga husen vid hamnen, hela tiden med Kullabergs närvaro och siluetten av Grand Hotell uppe på höjden.

Inlämningen av hennes målningar hade gått bra och till helgen var det dags för vernissage. Karin hade inte så stora förväntningar, men hoppades att tavlorna skulle falla några i smaken. Fem verk hade hon lyckats välja ut, med hjälp av hennes kursledare hemma. En spänd förväntan pirrade i kroppen, på ett behagligt sätt.

På eftermiddagen bröt solen igenom molnen och hon beslöt sig för att göra en biltur i trakten. Efter Arild kom hon till *Flickorna Lundgren,* som tyvärr var stängt, det lilla sommarcaféet låg tyst och öde. Hon fortsatte genom Svanshall, gjorde en sväng ner till Rekekroken vid Skäldervikens kustlinje, innan hon fortsatte den större länsvägen till Höganäs.

Karin körde in på Bruksgatan och försökte minnas vilket hus som hennes morföräldrar bodde i. Hon var inte helt säker efter så många år, hon hade bara besökt dem vid två tillfällen som liten. Nya radhus fanns nu på den plats hon trodde sig minnas att morföräldrarna hade sitt hem.

Ett infall fick henne att köra till det lilla kapellet. Hon hade flera gånger besökt graven med sin mamma, på den tiden hon som barn bodde i Ängelholm. Trots att det var minst tjugo år sedan hon var där senast, hittade hon den ganska direkt. Hon ångrade att hon inte tagit med några blommor.

Hon läste deras namn på gravstenen i grå granit, Alma och Herman Nilsson. Under deras namn fanns namnet på den dotter som dog i tidig ålder. Anna blev bara sjutton år. Graven såg ovårdad ut, det fanns antagligen inte någon släkting kvar som besökte den. En liten skylt visade att graven sköttes av kyrkorådsförvaltningen.

34

Köerna ringlade långa på gårdsplanen strax innan vernissagen öppnade, vilket kom som en överraskning för Karin. Hon visste att intresset för konst var stort, men kunde ändå inte föreställa sig en sådan tillströmning av folk. Lokaltidningen var på plats med fotograf, som intervjuade både utställare och besökare. Föremålen som ställdes ut var allt från målningar, glas, keramik och textil. Allt av hög klass. Efter någon timme hade hon redan fäst röda lappar vid två av sina målningar, som betydde sålda konstverk. Hon kände sig mer än nöjd och jublade inombords.

Eivor hade kommit, liksom hennes båda vuxna barn. Tråkigt nog kände hon ingen av besökarna som kom under dagen, men några hade frågor att ställa, så Karin hade fullt upp att besvara dem så gott hon kunde. Hon var ett nytt ansikte i bygdens konsthall och nyfikenheten om vem hon var, märktes tydligt. Sorlet i det gamla kostallet, som gjorts om till konsthall, gjorde henne en aning trött och hon tog en välbehövlig lunchpaus.

I cafeterian träffade hon Mattias, som var en keramiker

från Kullabygden och ställde ut rakubrända figurer av olika slag. Mest fåglar, men också hästar och andra djur. Karin visste inte mycket om tekniken, mer än att den kom från Japan. Mattias berättade att han hettade upp en ugn i niohundra grader och satte in föremålet. Därefter lade han det i sågspån som tog fyr, innan han hällde på glasyr som krackelerade och gav de vackra kontrasterna. Karin tyckte att det lät spännande och skulle gärna vilja prova på någon gång. Mattias var inte sen att bjuda in henne till sin verkstad nästa dag.

Det visade sig att han bodde inte långt från utställningshallen. Cykelavstånd påpekade han och berättade, att han ofta trampade iväg på stålhästen till Mölle bland annat. Den gamla banvallen hade gjorts om till cykelväg efter att järnvägen försvann på sextiotalet och en nästan spikrak grusväg gick från Mölle, hela vägen till Strandbaden. En sträcka på en mil.

De hade en trevlig eftermiddag i varandras sällskap och pratade om konst, familj och drömmar. Fast det var mest Karin som berättade om sina drömmar. Mattias var skild sedan fem år tillbaka. Det var då han köpte den lilla stugan i Bräcke och gjorde om uthuset, där det tidigare hade bott höns, till en verkstad för sin keramik.

"Känner du dej aldrig ensam där?"

Karin ångrade genast sitt ordval och rodnade lätt.

"Jo, kanske ibland det kan jag erkänna. Men vem skulle kunna leva med en tokig konstnär som jag? Ibland går jag upp klockan sex på morgonen och jobbar, glömmer nästan tiden. Tar en kopp kaffe och macka vid nio och jobbar vidare. Men ibland är jag bara lat och läser böcker eller tar en cykeltur. Tar livet som det kommer."

"Låter som ett utmärkt liv", svarade hon och menade det. Hon tyckte om att prata med Mattias.

De såg på varandra en lång stund, övervägde nästa mening under tystnad. En telefonsignal avbröt dem. När han efter en kort stund avslutat samtalet, hade ögonblicket försvunnit och de pratade om annat.

Karin körde den korta vägen tillbaka till Mölle och åt en god middag på sitt hotell. Kvällen var fortfarande varm, solen som värmt skönt under hela dagen, hade nu gått ner bakom Kullabergs utstickare. Ljuset klädde husen längs strandkanten i violetta färger, som en kontrast till den blå-gröna bergsknallen. Det var vindstilla och från en fiskebåt, som varit ute och vittjat näten, hördes tydligt ett dovt dunkande. Några måsar följde båten mot hamnen, med hopp om att få sig ett skrovmål av fiskrens.

Det var en magisk kväll, Karin njöt av stillheten, ljuden, färgerna och ville någon gång måla av allt detta. Hon kunde mycket väl tänka sig att slå ner sina bopålar här, en tanke som sakta hade växt fram. Visserligen var detta "vägs ände", yttersta udden av Kullahalvön, där vägen inte fortsatte vidare, men det fanns ändå närhet till städer och till kontinenten. Just i det ögonblicket kände Karin att hon skulle kunna trivas där.

Men skulle hon våga flytta från Småland, säga upp sig från sitt arbete och helt resolut slå sig ner på en ort, där hon inte kände någon. Förutom Mattias, som hon nyss träffat förstås. Tveksamheten kom över henne.

Samtidigt kände hon starkt för denna del av Skåne, där hon hade sina rötter, genom morföräldrarna i Höganäs och sin uppväxt i Ängelholm, knappt tre mil bort. Där fanns också hennes vän, Eivor. Det gick inte att bortse från allt det, som vägde över på pluskanten. Karin hade aldrig varit direkt impulsiv och för att ta ett så stort steg, behövdes eftertanke.

35

Dagen innan hon skulle återvända hem, gjorde Karin en ny visit på konsthallen. Hon hade sålt ytterligare en målning och blev glad och inte så lite stolt. Det var glest med besökare eftersom det var vardag, så det var mest pensionärer som strosade runt och tittade. De hade tydligen tillräckligt med föremål hemma, för det blev ingenting sålt. Karin förstod dem.

En man kom fram till henne och frågade rakt på sak om hon var från trakten. Hon förklarade för honom, att hon för närvarande bodde i Småland, men sökte bostad i Kullabygden, eftersom hon hade sina rötter där. Hon visste inte själv varifrån hon fick lögnen, men det kändes rätt just då.

Mannen presenterade sig. Han hette Nils-Erik Falk och bodde i Arild. Han berättade att han hela sitt vuxna liv ägnat sig åt forskning om hembygden och hade åtskilliga skrifter och böcker om släkten i bygden. Hans utpräglade skånska dialekt och hans glada skratt smittade av sig. Karin trodde han var i åttioårsåldern, innan han själv berättade, att han nyss fyllt åttiosex. Det märktes att han var van vid att prata och avslöjade att han ofta hade föredrag i ämnet som var hans brinnande intresse.

Karin studerade honom i smyg, medan han pratade. Han var lång och för åldern mycket spänstig. Han hade buskiga ögonbryn och pigga ögon. Det glesa håret var i behov av en klippning, men för övrigt var han propert klädd. Hon antog att mannen hade varit lärare under sitt yrkesverksamma liv. Samtidigt med forskningen.

Falk undrade var hon hade sina rötter och Karin nämnde bara helt kort morföräldrarnas namn och att de hade bott i Höganäs. Han blev fundersam, tycktes tänka, samtidigt som ansiktet plötsligt blev allvarligt. Karin märkte reaktionen, men tänkte inte mer på det. De blev avbrutna av en besökare som undrade vad en av hennes tavlor föreställde.

Samtalet med den trevlige mannen tog slut och hon fick ägna sig åt att berätta om tanken med sin målning. Hon såg inte till Nils-Erik Falk mer och lämnade själv lokalen kort därefter.

Karin gav sig iväg till Mattias, som hade fullt upp med att plocka ut några figurer ur ugnen. Han blev glad att se henne och undrade om hon sålt något mer. Själv hade han sålt två av sina alster.

36

Ju längre upp i de småländska skogarna hon kom, desto mer blev hon övertygad om, att hon måste flytta därifrån. De små sjöarna i landskapet tyckte hon om, men i den mörka skogen kände hon sig instängd. I vinden tycktes träden luta sig över henne och hotade att fånga in henne. Känslan var fånig begrep Karin, men kunde inte komma ifrån oron hon plötsligt fick. Kanske var det kontrasten mot det öppna landskapet i Kullabygden, havet och lugnet i Mölle, som fått henne att fundera på förändring.

Karin hade övernattat en natt hos Eivor och berättat om utställningen och om Mattias. Väninnan sken upp och ville höra detaljer. Karin avfärdade hennes iver.

"Det finns inte mer att berätta, vi har bara träffats två gånger och mest pratat konst. Inget märkligt med det."

Eivor hade leende sagt att hon anade en fortsättning så småningom.

Var det så hon själv kände? Skulle hon klara av att vara

tillsammans med en man igen? Hon märkte att frågorna blev fler nu, men kanske allt hängde ihop på något vis. När hon kom hem till sin lilla lägenhet, tog hon fram drömboken och skrev Mattias namn i den. Hon hade fått hans telefonnummer, men ville inte vara för ivrig med att ringa honom.

En titt i kylskåpet sade henne att det var dags att köpa hem lite matvaror. Hon lyckades trots allt få till en frugal lunch. Veckan hade varit jättebra, med god frukost och middag på hotellet i Mölle, en lyx hon sällan unnade sig. Det hade förstås kostat en del att bo där en vecka, men med tre sålda målningar, blev det ändå ett extra tillskott i ekonomin.

37

Huset i Arild hade varit paret Falks bostad i över tjugo år. Nils-Eriks fru hade hastigt dött två år tidigare och han började så smått tänka tanken att flytta till något mindre. Frun hade tjatat på honom om detta de senaste fem åren innan hon dog. Men han hade inte velat flytta ifrån den vackra trädgården och huset på höjden, med utsikt över Skälderviken.

Nils-Erik hade sagt att han skulle bli rastlös med att sätta sig i en lägenhet och frun hade gett med sig. Så länge han orkade med att sköta hus och hem, ville han bo kvar. Hon hade förgäves väntat på tecken när han till sist måste ge med sig. Det var hon som lämnade huset först och han tänkte med vemod på, om hon fått leva längre om han gett med sig. Men han var inte så säker på det. Livet var inte alltid enkelt, det fanns inga givna svar.

Falk hade sina böcker om hembygdsforskningen utgivna, manus hade han skrivit för hand på vanlig skrivmaskin och skickat in till förlaget. Parets son hade försökt få honom att acceptera en dator och gjorde tappra försök

att lära honom. Men förgäves, han var livrädd för nymo-
digheter. Det gamla invanda dög gott, tyckte han och
därmed var diskussionen avklarad.

Så småningom lyckades dock sonen övertala honom och
för två år sedan skaffade han en datamaskin, som han
envisades att kalla den. Han lärde sig ganska snabbt att
använda datorn och tyckte det var en spännande värld
att stiga in i. Han förstod inte själv, varför han inte tagit
steget tidigare.

Numera blev det inte så mycket nytt material han sam-
lade på sig om släkterna, men sonen hade gjort ett stort
arbete, med att lägga in en enorm mängd information
genom att skanna av pappans material. Nu kunde han ta
fram uppgifter ganska enkelt på skärmen framför sig.
Synen var fortfarande bra, så han klarade det utmärkt.

Något som också låg honom varmt om hjärtat var natu-
ren och han dokumenterade med bild och text, orter i
Kullabygden. Dessutom deltog Nils-Erik under tidigare år
även i vandringar, med grottor på Kullaberg som specia-
litet. Han var en god berättare, en omtyckt guide.

Nils-Erik Falk hade själv tillagat sin mat denna dag. Något
han tvingats göra, för att inte få hemkört någon förpack-
ad mat, som tillagats flera timmar tidigare. Han var be-
stämd på den punkten. På ett halvt kilo färs fick han

flera portioner biffar att ta fram ur frysen.

Mätt och belåten satt han och funderade på kvinnan han träffade på utställningen. Karin hette hon visst, men efternamnet lade han inte på minnet. Han kunde kolla det senare, tänkte han. Hennes morföräldrar var Alma och Herman Nilsson, hade hon sagt, den där trevliga kvinnan. Synd bara att de blev avbrutna.

Han slog på sin dator. Det var något som han kom att tänka på genast, när hon berättade om namnen på morföräldrarna, men kunde inte sätta fingret på vad det var. Han sökte på namn för Höganässläkter, men det fanns många med ett så vanligt efternamn, som Nilsson.

Till sist fick han tyvärr ge sig. Det var ju en omöjlighet att ha alla dokumenterade i bygden, förutom de som ingick i samma släktled. Men han kunde inte släppa tanken på att han visste något om Alma och Herman. Något som han antagligen hört berättats och lagt på en undanskymd plats, långt bak i hjärnkontoret.

Jag måste prata med en kollega, som vet mycket om människorna i Höganäs, tänkte han, innan han tog sin vanliga eftermiddagsvila. Men tankarna lämnade honom ingen ro. Han steg upp och ringde till Ulf, hans undermedvetna försökte locka fram något ur minnet. Något som hänt längre bak i tiden.

38

Tre dagar senare ringde Mattias. Han lät ivrig och Karin fick lugna ner honom en smula, så att hon fattade vad han hade att berätta.

"Det har dykt upp en ledig lokal i Mölle, den är stor nog att rymma både ett café och galleri. Två rum med ett litet kök på bästa läge nära stationen. Vad tror du om det?"

Karin visste inte vad hon skulle tro, men visst detta var ju hennes dröm, som kanske skulle kunna uppfyllas. Hon kände att hon blev varm om kinderna av upphetsning.

"Jag kan skicka över prospektet med bilder till dig."

Karin fick tala om att hon inte hade någon dator, mannen hade tagit den med sig och hon hade inte köpt någon egen ännu.

"Det får bli med snigelpost."

"Jag gör det, men du kan väl komma hit till helgen och se på lokalen, göra dig en egen uppfattning?"

Hon lovade att tänka på saken och ringa tillbaka. Ju mer Karin funderade på förslaget, desto mer betänksam blev hon. Det var ett stort steg att ta och skulle innebära så många förändringar för henne. Vem skulle hon kunna rådfråga om alla praktiska saker, som skulle behövas för att driva någon verksamhet i Mölle? Dessutom hade han inte sagt något om köpesumman för byggnaden. Visserligen hade hon en del besparingar efter skilsmässan, men det skulle ändå innebära att hon måste låna. Samtidigt som hon måste ordna en ny bostad.

Nästa dag ringde hon tillbaka och sade att hon kunde komma ner över helgen. Karin tyckte förstås att det skulle bli trevligt att träffa Mattias igen. Hon kunde ju alltid kolla på projektet, utan några som helst krav.

"Men så roligt, om du känner för det kan du bo här hos mej. Jag har ett extra sovrum och jag lovar att inte rusa upp klockan sex på morgonen och störa din sömn".

Karin skrattade åt honom. Hon kände sig glad när hon pratade med honom, han tog allting med en klackspark och såg inga problem. Han var en frisk fläkt måste hon erkänna och fick henne genast på gott humör. Själv var hon mer eftertänksam och analyserande, kanske med all rätt. Hon skulle fråga Eivor om hon fick bo hos henne två nätter. Det var för tidigt att övernatta hos en främling.

Helgen kom med regn och blåst. Inget bra väder att resa ner till Skåne egentligen. Men det skulle bli bättre när regnvädret dragit förbi, hade man lovat.

Bilen startade inte, när hon äntligen skulle ge sig av. Den hade krånglat på sistone och hon visste inte om det var batteriet eller startmotorn. Hennes kunskaper om bilmotorer var begränsade. Karin ringde bilverkstaden alldeles i närheten och de lovade att komma direkt.

Efter en kvart var han på plats, en mörk grabb på cirka tjugo år, troligtvis invandrare. Hon kunde höra det på hans brytning när han pratade. Han log ett charmerande leende och kollade batteriet. Dött! Han log igen och tog fram ett nytt batteri, som han för säkerhets skull tagit med sig. Han bytte snabbt och tog med sig det tomma batteriet för laddning.

När hon körde iväg vinkade han glatt, efter att de kommit överens om att Karin kunde komma till verkstaden på måndagen. En timme försenad körde hon söderut mot Skåne. Eivor var givetvis beredd att ta emot henne.

Trafiken var gles så här dags på dagen, så Karin körde lite fortare än vanligt och hann med ett kort besök hos sin mamma. Hon vilade visserligen efter sin lunch, men det kändes bra att vara där hos henne. Karin satt tyst och såg på kvinnan i sängen. Hon tänkte tillbaka på sin barndom i Ängelholm och försökte framkalla de tidigaste minnena.

Hon var nog fem år gammal, när hon frågat sin mamma om hon inte hade några syskon. Själv hade hon ju haft en bror, Lennart på den tiden. Mamman hade tittat på henne och sagt att hon hade två bröder, som hade tagit tjänst på fartyg och befann sig långt borta. Hon hade också haft en syster som dog när hon var ung.

Karin mindes att hon inte hade kunnat förstå att man kunde dö när man var ung, men frågade inte mer den gången. Det var först senare i livet, som hon fått höra berättelsen om moster Anna.

Mamman hade vaknat och såg på Karin, som var långt borta i sina tankar.

” Vad tänker du på Karin?”

”Inget särskilt egentligen”, ljög hon.

”Jag besökte graven sist jag var här nere förresten.”

Mamma Ester såg på henne en lång stund, med en outgrundlig blick. Hon visste med sig att det var många år sedan hon själv hade kunnat besöka den.

"Det är kanske dags att ta bort graven nu, ingen har möjlighet att sköta om den längre. Min bror Gösta är ju sjuk och John bor med sin familj USA och så är det du i Småland."

"Men du har ju ordnat med skötseln såg jag på en skylt och jag besöker den gärna ibland. Skall sätta en blomma där i morgon, tänkte jag."

Det sista var en aning tillrättalagt, sanningen var att besöket var det första på många år. Men det kunde inte Ester veta.

"Vem vet, jag kanske flyttar hit till Skåne igen."

Den gamla damen sken upp och ville veta mer, men Karin var försiktig med att avslöja något. Hon var ju inte helt säker själv, på vad hon egentligen ville. Det kändes som om hon fastnat mellan det förflutna och framtiden, utan kraft att förändra.

40

De parkerade nere vid hamnen i Mölle och gick den korta sträckan bort mot den numera nerlagda stationen. Karin hade fått brevet från Mattias och sett att det fanns potential i byggnaden. De inspekterade den tillsammans med en mäklare, som snabbt var på plats.

Karin var inte säker på att det skulle fungera med ett café i lokalen, den var helt enkelt för liten, tyckte hon. Köket behövdes rustas upp, vilket skulle kosta en del. Dessutom fanns det redan en keramiker, som hade satsat på lätta maträtter och kaffeservering och hade öppet hela året, inte långt från stationen. Hon kände att hon måste vara realistisk.

Att driva ett café och galleri skulle kanske splittra henne rejält och inte kunna ägna sig åt sin konst fullt ut, som hon egentligen ville. Men lokalen skulle bli utmärkt som både ateljé och galleri, förstod hon. När hon fick veta priset, baxnade hon betänkligt. Det var betydligt högre priser i Mölle än hemma i Småland.

Mäklaren, som hette Erik, hade dock ett glädjande besked. Lokalen skulle kunna hyras för en period av minst två år, med förtur att köpa lokalen. Utvändigt underhåll skulle ägaren stå för, medan hyresgästen själv fick ordna och bekosta en upprustning inne i lokalerna, som målning av väggarna och en del annat.

Förslaget lät lockande och de skiljdes från mäklaren, som skyndade vidare till ett annat objekt. Mattias bjöd på lunch på Kullagårdens Värdshus, efter den korta bilturen halvvägs upp mot Kullens fyr. Regnet hade dragit bort och solen kämpade för att tränga igenom diset.

Den slingrande branta vägen upp mot fyren, var kantad av små bäckar och stora lövträd. De glödande färgerna i träden speglade sig i motorhuvens lack på bilen. Hösten hade utan tvekan avlöst sommaren.

Mattias blev alltid en smula deppig på hösten. Färgerna var vackra, men betydde en nerbrytning inför den annalkande vintern. Helst av allt skulle han vilja flytta till ett litet hus på Kreta och njuta av en förlängd sommar, men hade inte resurser till den drömmen.

De kunde prata om sina drömmar, han och Karin. Hon var en god lyssnare, som inte bara försökte övertyga honom med sina egna synpunkter, utan ville förstå. Hon hörde honom, satt inte bara och funderade på vad hon själv skulle säga härnäst. Hon var närvarande och lyssnade på honom. Han försökte göra detsamma.

Några golfspelare hade letat sig till klubbhuset i anslutning till Kullagården. De förberedde sig för en runda på den vackra golfbanan och hoppades på bra väder. Det pratades chippar, birdies och annat obegripligt.

De satt med utsikt över det sista golfhålet och åt en god lunch, medan de pratade om lokalen de nyss inspekterat. Karin var inte helt främmande för att hyra den, men måste ordna med boendet också. Mattias förstod henne och hade ett förslag.

"Om du vill, skulle vi kunna hyra lokalerna tillsammans och ha gemensam utställning, samtidigt som du har din ateljé i det andra rummet."

Karin var villig att gå med på det, delad kostnad, delat ansvar. Två år kunde väl vara en lämplig prövotid, tänkte hon. Hon kände en spänning som låg i luften.

"Förresten, vad fick dej att flytta till Kullabygden, du är väl från Malmö ursprungligen?"

"Efter skilsmässan ville jag bort från den staden och bo på landet. Letade efter det rätta både på Österlen och här uppe. Så fick jag syn på annonsen om att en lämplig stuga var till salu utanför Nyhamnsläge och gjorde en snabb affär. Det där var min dröm, Karin. Sen gjorde jag om hönshuset till verkstad och fick det att fungera bra".

"Vem ägde det tidigare?"

"Det var en äldre man som ärvt huset av sin morbror som dog för många år sedan. Själv hade han blivit sjuk och hamnat på ett sjukhem. Den där morbrodern, Emil Ström hette han, blev förresten ihjälsparkad av en häst, sägs det. Det var två ynglingar från en gård i närheten, som tydligen retat upp mannen och det bar sig inte bättre än att han fick en spark i huvudet och dog direkt. Han hittades strax utanför stugan".

"Usch så tråkig historia. Fick de några straff?"

"Jag tror inte det, de var väldigt unga, kanske bara sexton år. Den ena var sonen på gården och den andre en tysk pojke. Gårdsägaren hade visst kopplingar till nazisterna i Tyskland, vilket var vanligt på den tiden före kriget. Det var sonen till en nazistkompis, som var där på besök. Grabbarna skyllde på varandra och undvek straff."

De avslutade måltiden och gick en promenad upp till fyren, där de hade utsikt över havet så långt ögat kunde nå. Karin kom att tänka på Ulf Lundells sång; *Jag trivs bäst i öppna landskap, nära havet vill jag bo…*

41

I tidningens bilaga som Karin ögnade igenom efter frukosten hos Eivor, hittade hon en annons om en ledig lägenhet i Mölle. Hon sken upp när det framgick, att området med lägenheter var nybyggt och låg alldeles intill den nerlagda stationsbyggnaden. Priset var högt för två rum och kök, men ändå överkomligt, ansåg hon.

Visningen skulle ske nästkommande helg, men hon ville se området redan innan hon fortsatte upp mot Småland igen. Eivor var med på noterna och en timme senare var väninnorna på väg. De körde den gamla slingrande kustvägen förbi Farhult och Jonstorp. Vid Brunnby tog de till höger vid den lilla Ica butiken, mot Mölle.

Lägenheten fanns på andra våningen i ett av husen, med balkong och utsikt mot hamnen längre bort. Läget var perfekt, från lägenheten hade hon bara någon minuts promenad till lokalen hon kanske skulle hyra tillsammans med Mattias. Hjärtat klappade, Karin blev uppspelt av allt som hänt under helgen. Kanske skulle allt klaffa med både boende och ateljé. Eivor tyckte absolut att

Karin skulle ta sig en ordentlig funderare och flytta ner till Skåne.

Mattias var i sin verkstad när de knackade på. Han blev förstås överraskad och undrande över besöket. Han torkade av sina händer nödtorftigt på en handduk och hälsade. När Karin förklarat för honom sken han upp. Själv hade han ingen tidning, en onödig utgift ansåg han. Karin undrade för sig själv vad han mer drog in på, för att få det att gå ihop. Skulle han ha råd att dela på en hyra för lokalen i Mölle med henne? Men hon sade ingenting.

Mattias erbjöd sig att följa med på visningen kommande helg och även kontakta mäklaren om hyran för den lediga hyreslokalen. Han ville bjuda på kaffe, men väninnorna ville vidare.

Vid Görslöv svängde de av mot Jonstorp och hittade Tunneberga Gästis, där Karin bjöd Eivor på en god lunch. Den anrika gästgivargården var välfylld av folk. Karin drog sig till minnes att hon varit där förr, många år tidigare. De blev anvisade till ett bord i den äldre delen av gästis. På väggen hängde en tavla föreställande två pilsnergubbar utanför gästgivargården i seklets början. Den helstekta spättan med ett berg av champinjoner smakade alldeles förträffligt. Karin trivdes med livet i Skåne.

42

Karin kontaktade mäklarfirman som hade hand om lägenheten i Mölle. Det visade sig vara densamme som visat henne och Mattias lokalen. Hon undrade om Mattias hört av sig, men fick ett nekande svar. Klockan var nästan fyra på eftermiddagen och han borde gjort det, som han lovat.

Karin berättade att hon var intresserad av både lägenheten och lokalen och skulle komma till visningen till helgen. De kom överens om att hon skulle få fullständiga uppgifter angående hyran för lokalen när de träffades. Några par hade anmält intresse för lägenheten, men Erik trodde inte det skulle innebära några höga bud.

Hon ringde också runt till hotellen i Mölle och erbjöd sina tjänster på halvtid. Några avspisade henne direkt, de hade personal så det räckte, medan två bad att få återkomma. Vad det skulle innebära visste hon inte, men nu hade hon slängt ut sina krokar. Hon hade förklarat att hon skulle etablera sig som konstnär och galleriägare på orten. Karin hoppas därmed på ökade chanser till ett arbete vid sidan av sin konstnärliga verksamhet. Hon hade gjort vad hon var kapabel till och nu skulle hon vänta och se hur allting utvecklade sig.

Karin förväntade sig att Mattias skulle ringa under kvällen, men det var tyst i luren. Hon undrade om han ångrat sig och fått kalla fötter. Hon visste egentligen ingenting om honom. Trött efter helgens utfärd sjönk hon ner i soffan och såg en dålig film på TV, mest för att få tiden att gå. Hon höll på att somna, när hon plötsligt ryckte till.

I det undermedvetna hade hon gått igenom helgens händelser och reagerat på något som Mattias berättat. En tidigare ägare hade blivit ihjälsparkad av en häst. Ett minne av något hemskt som hänt hennes moster på en gård utanför Nyhamnsläge dök plötsligt upp. Gården måste ju vara i närheten av Mattias hus. Kunde det vara sonen på just den gården, som var inblandad i Emil Ströms död? Karin bestämde sig för att leta upp gården.

Mattias berättelse om den ihjälsparkade mannen och gården gjorde henne nyfiken. Namnet på gårdsägaren, som hennes moster arbetade som piga hos, hade hon inte lagt på minnet. Det var ju trots allt väldigt många år sedan. Hon kröp ner i sängen. Natten blev orolig med mardrömmar. Hon vaknade tidigt, alldeles svettig.

43

Han hade inte hunnit ringa till mäklaren som han lovat och skämdes för det. Men hela dagen hade varit minst sagt jobbig för honom. Elden hade visserligen inte spridit sig till bostaden, men en stor del av verkstaden var förstörd och måste saneras, för att senare byggas upp på nytt. Men nu var det tillbommat av polisen.

Mattias hade vaknat av ett ljud vid ettiden på natten och känt röklukten. Han rusade upp och tyckte sig se någon som sprang därifrån. Vid samtalet med polisen senare, var han inte lika säker längre. Ugnsluckan som han alltid var noga med att stänga, hade varit öppen och någon tidning i närheten antänts och startat branden.

Brandkåren var snabbt på plats, men då hade Mattias redan kunnat släcka själva eldhärden. Polisen gjorde sin utredning och det mesta tydde på eget slarv av husägaren. Mattias var inte nöjd och visste inte för stunden om han skulle kunna få ut något från försäkringsbolaget.

Han gav sig inte, utan visade på ett fönster som brutits upp, träflisor låg på marken utanför. Polisens tekniker Bo

Stark, noterade detta som ett troligt inbrott och sökte efter fotspår på marken. Mattias kände sig något lättad, att någon tog honom på allvar.

Någon hade gjort inbrott och försökt elda upp hans verkstad! Vem och varför kunde han inte föreställa sig. Han hade ju inga ovänner, vad han kände till. Knappast några vänner heller, för den delen. Han höll sig mest för sig själv och ägnade sig åt sin keramik. Mattias hade aldrig varit särskilt social. Det var en av anledningarna till skilsmässan. Men även hans drickande. En kompis till honom bodde i Helsingborg, de brukade ibland träffas. I Höganäs kände han mest konstvänner, men umgicks inte frekvent med dem.

Därför hade hans bekantskap med Karin blivit en angenäm upplevelse, som han gärna ville utveckla. Han hade trevligt i hennes sällskap. Hon tycktes också trivas med honom, än så länge bara som vänner på det konstnärliga planet, men han hoppades på mer.

Hela dagen hade försvunnit medan utredningen efter branden pågått, så han hade inte haft en chans att ringa någon mäklare. Han skulle ta tag i det under morgondagen och ringa till Karin. Verkstaden var låst och försedd med polisens blå-vita plastremsor. Han hade därför inget arbete att gå till på några dagar.

Han hade lovat sig själv att aldrig röra sprit mer i sitt liv. Flaskan han hade i skåpet var bjudsprit, intalade han sig. Men den hade stått där orörd i två år nu, det hade inte funnits anledning att öppna den. Whiskeyn var av den bättre sorten, den sort han alltid drack allt som oftast förr. Långt om länge fick han själv tillstå att han hade problem, var alkoholist och gick till AA för att få hjälp. Hans hustru hade tjatat i flera år och gav till sist upp, skilsmässan var ett faktum. Det var först då han tog tag i sitt liv.

Mattias kände suget fortfarande, speciellt efter en dag som denna, när hans verkstad var förstörd, demolerad av elden av någon sjuk person. Hans fötter hade slagit undan, krafterna tömts ur kroppen. Han visste inte hur han skulle kunna resa sig igen efter detta.

Tanken på Karin fick honom att fokusera på annat. Hon var en driftig kvinna och han behövde en bra vän och någon att skingra dystra tankar med. Speciellt nu när vintern snart skulle dra sin grå filt över landskapet och han inget hellre ville än att gå i ide några månader.

Mattias ställde in den orörda flaskan i skåpet.

44

Planet från Stockholm landade tio minuter försenat på Ängelholms flygplats. Den knappt timmeslånga flygturen hade gått bra. En enkel smörgås och kaffe hade serverats till de cirka femtio passagerarna på planet. En del hade besökt släkt och vänner i huvudstaden och var nu på väg hem. Affärsmän i mörkblå kostymer och svarta portföljer, inbokade på ett företagsmöte, skyndade snabbt vidare. En brokig skara gick den korta sträckan in till terminalen.

Kvinnan hade aldrig sett en så liten och charmig flygterminal förr. Hon var som utrikeskorrespondent van vid resor till stora städer och därmed till stora flygplatser.

Hon hämtade ut den förbokade hyrbilen och körde söderut. Målet skulle ligga knappt tre mil bort. Personen hon hoppades hitta visste inte om hennes ankomst. Hon hade den adress, till vilken brevet var skickat för länge sedan, men anade att hon skulle vara tvungen att fråga sig fram. Efter en mil vek hon av från motorvägen, stannade för att äta en lunch på motellet vid avfarten.

45

Fredagen kom och hon var på väg söderut igen, det hade blivit många turer den senaste tiden. En natt hade hon tänkt att stanna denna gången och Eivor hade sagt att det var okey för hennes del.

"Här står alltid en säng bäddad för dej", hade hon sagt och det lät som hon verkligen menade det. Karin var glad för det. En verklig vän.

Mattias hade ringt henne och förklarat allt och bett om förlåtelse för att han inte ringt tidigare. Hon förlät honom direkt och märkte att han var upprörd över det inträffade. Hon skulle själv få se förödelsen senare.

Karin hade i sin tur berättat om lägenheten som var ledig och att hon skulle träffa mäklaren. Mattias undrade försynt, om hon ville ha honom med som smakråd. Hon hade gått med på det.

Lägenheten var i bra skick, en nyrenoverad tvårummare med öppen planlösning, balkong och bra köksutrustning. Karin gillade köket, tyckte om att laga mat och ibland baka bullar. Det var utsikt från båda rummen, ut mot gatan som ledde ner till hamnen. Sovrummet var tillräckligt stort för både säng och arbetsbord. Hyran var överkomlig, medan priset var ganska högt, tyckte hon.

När hon förstod att det för dagen inte fanns fler spekulanter, fick det henne att lägga ett bud något lägre än det begärda priset. Mattias fick ett frågande uttryck i ansiktet, men hon gillade att spela ett högt spel. Det fick bära eller brista.

Mäklaren lovade att återkomma med besked och kunde också berätta om hyran för lokalerna, som de skulle använda till galleri bland annat.

Mattias bjöd på kaffe och smörgås hemma i sin stuga, efter att han visat henne förstörelsen av verkstaden. Det luktade brandrök utanför stugan och hon såg in genom ett delvis sotat fönster. Lukten hade satt sig i bostadens inredning, även om Mattias hade gjort allt för att lufta ut. Karin var bestört och undrade vem som kunde ha gjort något sådant.

"Jag har faktiskt ingen aning, det måste vara någon sjuk person. Men det går nog inte att hitta den skyldige. Jag funderar på att skaffa mig ett larm, förresten. Man blir ju nojig när sådant händer."

Karin satt i tankar. Hon tänkte på det hon i vuxen ålder
fått berättats för sig. Branden på gården, då hennes
moster omkom i lågorna. Hon hade inte tänkt på hän-
delsen under många år. Men allt blev så påtagligt nu,
med eldsvådan hos Mattias och hennes besök i Kulla-
bygden. Var det ett sammanträffande, eller bara en ren
slump. Hon måste få veta.

"Det skall finnas en gård här i närheten, vid Svarta
Halla, vad det nu är för något. Vet du något om den?"

"Svarta Halla? Det är området där bebyggelsen slutar
vid Nyhamnsläge. Marken är rik på lera, eller *halla*, som
skåningar kallade det förr i tiden. Gården kan man se
härifrån om man går ut på gårdsplanen och runt krö-
ken."

"Vet du vem som äger gården nu?"

"Vad jag har hört har den gått i arv i flera generationer,
just nu är det en ung man som heter Paul. Varför frågar
du det?"

Utan att gå in på detaljer berättade hon kort om sin
moster, som arbetade som piga på gården och dog i en
brand när hon var sjutton år gammal.

Mattias bleknade, han förstod hennes tankebanor.

"Menar du att...?"

"Nej, jag menar ingenting, men jag vill göra ett besök på den där gården, för att se var min moster dog. Vad heter han mer än Paul förresten?"

"Lundberg, men Karin är det så lämpligt att storma in där efter så många år. Vad jag hört är familjen Lundberg inte att leka med, de försöker verka betydelsefulla på orten och har en del ovänner, har jag hört. Det var Pauls far som var inblandad i mordet på Emil Ström. Han var son till Nils Lundberg och var då bara en ung grabb. Karl Lundberg lämnade över gården, när han blev sjuk. Paul har visst stora problem med ekonomin."

Hon tackade för kaffet och beredde sig på att köra till Ängelholm. Hon hade lovat Eivor att komma till middag klockan sex. Eivor hade sagt att hon skulle göra något enkelt, men när det gällde henne, kunde det vara en riktig gourmetmiddag. Karin hade en timme på sig, så ett kort stopp vid gården skulle rymmas inom tidsplanen.

Mattias följde henne ut till bilen och pekade ut gården för henne. Han gav henne en försiktig kram.

"Var försiktig Karin", uppmanade han henne.

"Hör av dej när du har klart med lägenheten. Jag har

ett släp till bilen och kan hjälpa till med flytten så små-
ningom.”

”Men det blir kanske mitt i vintern, det är ju då du vill
gå i ide!”

Mattias skattade åt hennes pricksäkerhet med skämtet.

”Men jag måste ha något att jobba med också, så det
går bra. Försäkringsbolagen brukar ta lång tid på sig med
brandskador, så jag vet inte när jag kan börja reparera
verkstaden, eller jobba med keramiken.”

Hon vinkade till honom och for iväg. Han stod villrådig
kvar, kände sig plötsligt så ensam, en känsla han inte
känt tidigare. Ett dammoln syntes efter bilen på den
torra grusvägen.

46

Ljuset började avta, men ännu var det en timme tills mörkret skulle infinna sig. Karin svängde av på en smal väg ner mot havet. En svag bris krusade havet och på några ställen stänkte vitt skum upp, vid det som hon antog var ett litet rev.

Gården låg majestätiskt uppe på en kulle, med betesmarker och åkrar intill. Ett antal kor gick fortfarande ute i de inhägnade beteshagarna. Byn hade antagligen nyligen utökats med nya hus åt norr, stilen på villorna skvallrade om det. Det var många som numera ville bo vid havet, trots hårda och kalla vindar under stora delar av året. Annat var det förr i tiden, tänkte hon. Då var det fiskarfamiljer som bodde i de utsatta lägena vid havet och de bättre beställda drog sig inåt land, byggde sina hus, gärna med skog omkring sig.

Innan hon visste ordet av hade hon kört in på gårdsplanen, vägen ledde bara till gården och det fanns ingen annan plats att vända på. Ett stort träd stod mitt på grusplanen och hon tog en sväng runt det.

Kastanj konstaterade hon, när hon såg alla nerfallna frukter. Bladen var vissna och gav ett spöklikt intryck, där de skramlade i kvällsbrisen. Karin märkte att hon stod stilla med bilen, med motorn igång.

Hon såg mot den stora huvudbyggnaden i tegel. Två höga trappor ledde upp till två likadana dörrar i grön färg. Den ena antagligen till köket, tänkte hon. Stallet hade vackra spröjsade gjutjärnsfönster, men för övrigt verkade byggnaderna vara i behov av renovering.

Det var alltså här som moster Anna hade sin tjänst en gång i tiden. Det var här hon fick sitt liv avslutat.

Längre än så kom hon inte i sina tankar. Hon ryckte till när någon knackade på sidorutan. Bilen gjorde ett skutt och motorn stannade. Vettskrämd hissade hon ner fönstret. En grovvuxen man i fyrtioårsåldern stod och iakttog henne. Han höll ett gevär på armen och såg hotfull ut. Mannen hade en sliten grön halvlång rock på sig och på huvudet en brun keps. Hans grova mustasch och stickande mörka ögon, gjorde att han såg bister ut.

 "Får man fråga vad du har för ärende hit? Det här är privat mark."

Sättet han frågade på var inte vänligt och Karin fick obehagliga rysningar. Mattias hade varnat henne och hon hade utan tvekan bortsett från den och gett sig in i lejonets kula. Karin ångrade misstaget. Hon hade kanske fel, men tyckte att geväret pekade på henne. Mannen väntade otåligt på ett svar.

"Förlåt att jag tränger mig på", fick hon fram efter en stunds tystnad.

"Jag ville bara se gården där min moster arbetade en gång i tiden. Hon lär ha dött i en eldsvåda här."

Mannen iakttog henne under tystnad, tydligen ett knep att få henne ur fattningen. Han hade allt på sin sida, han var man, gevär och hon hade gjort intrång på hans gård.

"På det viset, vad vill du ha ut av det min sköna?"

Orden retade upp henne. *Min sköna.* Vilken osympatisk människa han var. Karin hade alltid haft svårt för den sortens människor, som tyckte de var förmer än andra. Hon spände ögonen i honom.

"Hon hette Anna om det säger dig något. Hon arbetade här som piga som sagt och var nyss fyllda sjutton år, när hon blev innebränd, utan någon chans att ta sig ut. Hon var tydligen gravid dessutom, har man berättat."

"Det pratas så mycket, så hälften kunde vara nog. Nu har du gjort ditt besök och jag tycker att du skall dra nu."

Karin startade bilen, gav mannen en ilsken blick. Samtidigt kom en kvinna ut på trappan och ropade hans namn. Paul. Det var han, nästa generation gårdsägare. I ögonvrån såg hon en gardin i ett fönster på ovanvåningen röra sig och en människa gjorde en rörelse med armen, som en hälsning. Hon antog att det var Pauls far, Karl.

"Trevligt att träffas Paul, Karin heter jag förresten."

Hon kunde inte låta bli att vara sarkastisk. När hon gav gas på bilen hörde hon svaret från Paul, innan sidorutan hunnit ända upp.

"Jag vet!"

47

Två veckor senare hade polisen äntligen låtit honom få tillgång till verkstaden. Utredningen visade på tydliga spår av inbrott och troligtvis ett försök till mordbrand. Men man hade inga säkra spår att gå efter, inga fingeravtryck förutom hans egna och bara svaga fotavtryck utanför det uppbrutna fönstret.

Mattias förstod därför, att man inte lade ner så mycket arbete på att försöka få tag på den skyldige. Han sov sämre på nätterna, vaknade ofta av mardrömmar, eller reagerade på något ljud utanför.

Karin hade berättat knapphändigt om besöket på Lundbergs gård, att hon hade blivit obehaglig till mods vid mötet med gårdens ägare Paul. Mattias ville inte komma med pekpinnar, men visst hade han varnat henne för att köra dit, men hon hade inte lyssnat. Ibland kunde hon vara väldigt envis och försatte sig i farliga situationer. Han kände henne inte så väl ännu.

Det som var av mer positiv karaktär var, att hon hade klart med lägenheten i Mölle. Säljaren hade gått med på hennes bud och den förste februari var det tänkt att hon skulle kunna flytta in. Deras gemensamma lokal skulle hyras en månad tidigare. Mattias såg fram emot hennes flytt och var villig att hjälpa till. Karin hade nu anlitat en mäklare, som trodde att hennes nuvarande bostad skulle vara lätt att sälja.

Mattias körde in till Höganäs och besökte trävaruaffären, behövde virke för att kunna reparera sin verkstad innan vintern. Han var ganska händig, hade åtminstone inte tummen mitt i handen, så han skulle kunna göra det mesta själv. Skoltiden hade mest varit ett antal bortkastade år, tyckte han. Mattias var mer lagd åt det praktiska, där han kunde använda sina händer. Det skulle bli ett nöje att sätta igång med renoveringen.

Elsystemet måste bytas och han passade på att prata med en man på elfirman intill. I butiken såg han Paul Lundberg, som tydligen hade något ärende där. De kände inte varandra, så Mattias tänkte inte visa några tecken på igenkännande. Men Paul log ett snett leende mot honom. De kom ut nästan samtidigt på parkeringen.

"Det har visst brunnit hos dig? Vilken jävla otur."

Han spottade ut en loska, satte sig i sin Jeep och drog iväg. Mattias blev både knäsvag av rädsla och rejält förbannad. Vad menade idioten med den kommentaren egentligen? Frustrerad satte han sig i sin bil. Han hade lust att köra ifatt Jeepen och ge utlopp för sin ilska, men besinnade sig snart. Han skulle inte brusa upp inför en sådan typ, med risk för vad som skulle hända om han konfronterade Paul.

Med tanke på Karins möte med Paul på gården och historien långt tillbaka i tiden, kunde man ju undra, vad som rörde sig i den mannens huvud. Ryktet var tydligen sant, Lundbergs var inte att lita på.

48

Vandringen ner genom en dal, där man förr fraktade upp ved och kol till fyren, var ganska enkel. Den första grottan de kom till hade varit bebodd redan på stenåldern, enligt guiden. Sotsvarta stråk på väggarna antogs vara från deras eldar. Vattenståndet var betydligt högre då och låg i linje med öppningen.

Den sköna höstdagen, kanske den sista för året hade lockat ut många till naturen vid Kullaberg. Karin och Mattias hade anmält sig till en guidad vandring, till några av alla grottor som fanns runt om på berget.

Mattias var väl tveksam till vandringen, men ville inte visa sig mesig. Han förstod att Karin var av den äventyrliga sorten och ville utforska närområdet, som snart skulle bli hennes hemvist. Egentligen avskydde han att utsätta sig för risker, som vid klättring och höga höjder.

På en skolutfärd i åttan hade klassen varit vid Skäralid. De hade ätit sin medhavda matsäck vid *Kopparhatten*, med utsikt över hela dalen nedanför. De andra eleverna hade ställt sig så nära stupet det gick, trots lärarens för maningar om försiktighet. Själv höll han sig på behörigt avstånd. Det gjorde honom ingenting att de kallade honom för fegis och retade honom, när inte läraren såg det.

Han hade verkligen utmanat sig själv, när Karin föreslog klättringen på berget. De hade rejält grova skor på fötterna och handskar på händerna. Strax blev det tuffare med en brant sluttning, där de tog hjälp av rep för att hala sig ner till Silvergrottan. Handskarna gjorde det möjligt att få ett fast grepp om repet. Karin var först nere. Guiden berättade att grottan hade kommit till efter ett försök att hitta silver i berget i mitten av 1500-talet, något som dock misslyckades.

Efter nittio meters klättring uppför till fyren, var de rejält trötta och svettiga. Gruppen skingrades för egna strövtåg, för de som orkade. Karin och Mattias nöjde sig med att se på utsikten vid östra sidan, mot Skäldervikens lugna vatten. *Sockertoppen*, en uppstickare i havet och *Porten* var några av de karga klippor som fanns sextio meter nedanför dem. Karin mindes Nils Erik Falks berättelser om sina upplevelser på berget.

Mattias stod bakom henne, vågade inte gå nära kanten. En ormvråk seglade majestätiskt över deras huvuden i den klara höstluften.

Under den korta turen tillbaka till Mattias hus, satt de trötta och tysta i sina egna tankar. De lade inte märke till den gröna Jeepen som följde efter dem på långt avstånd. Mattias tryckte på radioknappen. En låt av Bruce Springsteen spelades och han höjde volymen.

...I´ve been down, burning up like fever...

Karin började nynna på låten och Mattias följde efter, men kom inte ihåg texten riktigt.

...now I belive, better days are not far away...

"Gillar du Bruce?" Karin var nyfiken.

"Efter perioden med Beatles övergick jag till att lyssna på annat, bland annat Springsteen. Men jag tycker om det mesta inom rock och pop. Eurythmics till exempel. Du då?"

"Jo, jag lyssnade på dem också, men mest på Ulf Lundell. Det är något speciellt vasst och vemodigt i hans röst, som tilltalar mej."

"Håller med dej. Har jag berättat att jag spelade i ett band när jag var ung?"

"Nej, det har du hållit hemligt. Vad hette gruppen?"

" Vi var fyra unga grabbar, två saxofoner, gitarr och så

jag på trummor. Vi kallade oss för *Marlo,* efter våra initialer i förnamnen."

"Men det är ju fem bokstäver! Ni var ju bara fyra."

"Jag fick de två första, sen var det Rolle, Lars och Olle".

Karin skrattade åt berättelsen.

"Egentligen vet vi så lite om varandras tidigare liv."

"Men vi får väl jobba på det, eller hur?"

Karin log åt tanken att lära känna Mattias bättre. Skulle hon nu bosätta sig i Mölle, ville hon gärna ha honom som nära vän och dessutom konstnärskollega. Framtiden fick utvisa, om det var möjligt att utveckla till något mer. Hon hade redan bockat av några av sina drömmar i sin lilla bok.

På kvällen tog de bussen till Höganäs. Från slutstationen var det inte mer än tio minuters promenad till hamnen. Rolfs Krog var ett populärt ställe på sommaren och denna kväll upptäckte de att det var bartömning för säsongen, halva priset på all öl och sprit. Lokalen var nästan full av folk, men de fick ändå ett bord långt in i restaurangen. Krögaren själv var en man i femtioårsåldern med hästsvans, troligen för att kompensera det försvinnande hårfästet. Leendet tycktes äkta, när han välkomnade dem. Huden var blek och glåmig, ett tecken på mycket arbete inomhus på sin restaurang.

Karin tog en drink före maten, precis lagom till kvällens musikunderhållning. Det lokalt kända bandet *Highnose Kings* drog igång och applåderna lät inte vänta på sig. De hade tydligen varit där tidigare och behövde ingen presentation. Drinken var god, som en belöning för förmiddagens klättring på berget. Mattias hade tidigare förklarat sin ståndpunkt att avstå från sprit. De bestämde sig för en örtgryta på lamm, med aubergine och ris. Mattias gjorde ett svepande ögonkast i lokalen, men kunde inte upptäcka någon han kände. Han blev inte överraskad, han gick inte ut på restaurang i Höganäs alldeles själv. Därför var denna kväll en upplevelse för honom.

Karin lät maten väl smaka, både den och vinet och den uppsluppna stämningen var alldeles underbar. Hon trivdes bra med Mattias vid sin sida. Egentligen ville hon avstå från vin till maten, för hans skull, men Mattias var envis. Ljudnivån trissades upp efter hand som kvällen gick och spriten konsumerades av gästerna.

Plötsligt fick Karin syn på en man framme vid baren, en man hon träffat en gång tidigare. Paul. Hon teaterviskade till Mattias, men han uppfattade inte orden i sorlet. Hon pekade försiktigt i riktning mot baren och nickade.

Mattias vände sig om och fick ögonen på Paul, samtidigt som han också vände sig om med ett ölglas i handen. Deras ögon möttes för en kort sekund, innan Mattias vände sig bort.

"Helvete också, han kommer väl inte hit?"

Karin kunde inte undvika att se hur Paul med ett överlägset leende trängde sig fram mot deras bord. Hon försökte se oberörd ut, när han plötsligt stod alldeles intill dem. Ölet skvimpade över och ner på golvet.

"Ser man på, är det konstnärerna som är ute och firar något ikväll? Skall du kanske vara brandvakt i natt, innan hemresan till Småland, Karin?"

Mattias var på väg att rusa upp och slå honom på käften, men Karin lade en lugnande hand på hans, som fick honom att besinna sig. Mattias kokade inombords. Paul såg det och log ännu bredare, väl medveten om sitt övertag.

Karin blev alldeles paff när hon hörde han nämna hennes namn. Karlen tycktes veta allt om henne. Men hur och varför? Var det så på en liten ort som Höganäs, att alla skulle kartläggas och kollas?

"Om det kan intressera dig, så bor jag inte i Småland längre. Jag flyttar till Skåne snart, men det vet du kanske redan, eftersom du vet mitt namn."

Han flinade på nytt, ett elakt flin.

Hon kallade på en servitris och bad om notan. Paul lommade iväg, fortfarande leende och fick snart syn på ett nytt offer. Innan de betalat hörde de ett bråk vid baren mellan Paul och två ynglingar, som sneglade mot Mattias håll.

"Ger mej fan på att det var de två som ordnade branden i min verkstad och nu vill ha betalt av Paul."

"Men lugna ner dej, du har inte några som helst bevis".

"Nej, det har jag naturligtvis inte, men jag har mina aningar."

Karin passade på att gå på toaletten, som fanns längst in i lokalen, mellan baren och platsen för orkestern. I en hörna stod en man, klädd i rutig skjorta och slitna jeans. Han hade ett ölglas i handen, men verkade på något sätt malplacerad i rummet. När hon närmade sig märkte hon att han stirrade på henne, vilket gjorde henne osäker. Karin bedömde att han var pensionär, hon brukade ofta roa sig med att försöka gissa ålder på okända människor.

Kanske var det just åldern på mannen som gjorde att han inte verkade höra hemma i krogmiljön, de flesta andra gästerna var betydligt yngre. Mannen såg kraftfull ut, med väderbitet ansikte, vilket tydde på någon form av utearbete. Handen som greppade ölglaset var grov och hans skäggstubb några dagar gammal. Hon smet snabbt in på toaletten och kände sig obehaglig till mods.

Mannen stod inte kvar när hon kom ut från toaletten. Hon blev lättad, men sökte trots allt efter honom bland alla gästerna i lokalen, utan resultat. Karin sade inget till Mattias, när de lämnade krogen.

På väg hem till Mattias satt hon och tänkte på den mystiske stirrande mannen på krogen och på Paul, som tycktes veta så mycket om henne. Karin tänkte på besöket på Lundbergs gård och personen hon skymtat bakom gardinen på ovanvåningen. Hon kände ett oförklarligt obehag, en känsla av att befinna sig i någon slags fara på en främmande plats, utan att ha någon som helst kontroll över händelserna. Branden hos Mattias tycktes vara orsakad av någon illvillig person, även om polisen nu lagt ner ärendet i brist på bevis. Mattias hade blivit ursinnig när han fick reda på det och hon förstod honom.

Hade allting som skedde något med henne att göra? Men varför i så fall? Hon kunde inte släppa tanken.

49

Det senaste året hade hon sin arbetsplats i Tyskland, närmare bestämt Berlin. Dessförinnan följde hon det politiska spelet i Washington, där hon också hade sin lägenhet, sin reträttplats när hon var ledig. Men nya vindar blåste, hon och maken skulle bosätta sig i Portugal. De hade pratat om det en längre tid och äntligen kommit till skott. Lissabon var en lämplig plats för dem.

Hon hade skickats till Sverige, för en veckas rapportering från politikerveckan på Gotland. Jobbet var avklarat och hon hade tagit ledigt några dagar, för att på egen bekostnad besöka den sydliga delen av landet. Om drygt en månad skulle hon göra en ny resa till Stockholm, då riksdagsvalet skulle ske.

Luisa var inte säker på att hon fattat rätt beslut, när hon bokat denna avstickare i landet, men nu hade hon äntligen möjligheten att träffa honom. Det gamla svartvita fotot, som nu var skrynkligt efter alla år, skulle inte vara till någon hjälp. Hon förstod egentligen hur hopplös idén var från början, men det var trots allt värt ett försök.

50

Flyttkartongerna var staplade ovanpå varandra i den lilla lägenheten. Karin hade noga skrivit med tusch på var och en, så att det skulle bli lättare att hitta sakerna, när hon packade upp dem. Porslin, böcker, handdukar, stod det med stora blockbokstäver. Vid förra flytten hade hon sorterat bort en hel del, sålt på blocket och skänkt till loppis. Det som nu fanns skulle hon ta med sig, utom den femton år gamla soffan, med klösmärken efter katten från ett tidigare liv. Hon skulle unna sig en ny och hade sett ut den på Mio.

Allting hade ordnat sig till det bästa, hon skulle kunna få sin nya lägenhet långt tidigare än planerat och kvinnan som skulle överta hennes lägenhet var beredd att få nyckeln en vecka därefter. Skönt att ha tid för slutstädningen tyckte Karin. Snart skulle flytten gå ner till Mölle.

Telefonen ringde. Förestånderskan på Solängen talade om, att Karins mamma varit orolig de senaste dagarna och var mest sängliggande. Hon ville inte berätta för någon vad som var fel, slöt sig inom sitt skal och ville inte äta maten som serverades.

"Har det hänt något särskilt, som gjort henne sådan?"

"För två dagar sedan fick hon besök av en släkting, som bara stannade en kort stund. Han hade en bukett blommor med sig, men glömde tydligen att sätta dem i vatten. Buketten låg på golvet när vi kom in till henne. Då var hon ganska uppjagad."

"En släkting, vad hette han?"

Karin kände hur pulsen ökade. De enda släktingar som besökt mamman några gånger var Karins egna barn. Hon hade inte hört något om att Esters bror från USA var på besök. Den andra brodern var på sjukhem, det visste hon med säkerhet.

"Jag tror inte någon uppfattade hans namn, om han nu sade det. Han har aldrig varit här på besök tidigare, men påstod att han varit utomlands och ville så gärna träffa Ester."

"Men herregud! Ni kan väl inte släppa in helt främmande människor till en gammal sjuk kvinna!" Karin var upprörd över hur de hanterat situationen.

"Vi hade lite personal den dagen och en vikarie lät honom gå in till Ester, efter hans enträgna önskemål. Så här i efterhand förstår vi att det gick snett och ber om ursäkt. Det skall inte hända igen."

"Hur såg mannen ut?"

"Personalen hade svårt att komma ihåg hur han såg ut, men mindes att han var ganska lång och mörkhårig. Såg nog lite ovårdad ut."

Karin sjönk ihop på en stol efter samtalet. Hon befarade det värsta, men visste varken ut eller in längre.

Hon kände sig stressad av allt som hänt den senaste tiden. Utställningen i konsthallen hade gått över förväntan, alla målningar var sålda och hämtade av nöjda kunder. Hon hade kört ner till Skåne varje helg den senaste månaden och övernattat två gånger hos Mattias.

Hemma i lägenheten var hon sysselsatt med nerstuvning av saker i kartonger och planering inför flytten. Arbetet på serveringen hade hon skött mellan varven, men faktum var att hon var väldigt tröttkörd nu. Som om inte allt detta var nog kom det där samtalet om hennes mamma. Karin visste att hon måste bege sig ner till Ängelholm väldigt snart igen. Om hon hittade något som helst bevis på att Paul besökt sjukhuset, skulle hon besöka gården på nytt.

51

Lägenhet var sparsmakat möblerad, det var så han ville ha det. En tvåa var rena lyxen mot vad han hade haft under sina yrkesverksamma år. Oftast hade det varit ett rum med kokvrå bara, men det hade fungerat.

Numera hade han lärt sig tillaga enkla rätter, men oftast slank han in i Jourbutiken och köpte färdigrätter. Det var enklast så. Någon bil hade han inte brytt sig om att skaffa, även om han i tidig ålder skaffat sig körkort. Mopeden fick duga ett tag till, med den kunde han ta sina rundor i landskapet. Han hade i hela sitt liv varit Kullabygden trogen, en plats han inte gärna ville flytta ifrån, förrän det var dags att lämna in. Eftersom han var vid god hälsa och hade krafterna kvar, ansåg han med bestämdhet att det skulle dröja många år ännu.

Han höll sig mest för sig själv, såg på TV om kvällarna och någon gång i månaden spelade han kort med två jämngamla ungkarlar han lärt känna när han flyttade till lägenheten vid *Brorsbacke.* Den förra lägenheten han hade kändes som ett fängelse, en balkonglös vindsvåning. Där kunde han inte se marken, inte höra fågelsång eller se grödor växa. Bara några glesa trädtoppar från fönstret. Så han flyttade, skaffade sig en liten kolonilott, där han tillbringade mycket tid åt att odla potatis och grönsaker. Han trivdes med att få lite skit under naglarna och levde ett bra liv. Pensionen var låg, trots allt slit genom åren som lantarbetare.

Men Anders Edgren var inte den som klagade. Tvärtom såg han till att glädja sig åt de små stunderna, som kunde förgylla livet. Han var inte särskilt social, hade inte varit det tidigare i livet heller. Men ibland sökte han upp något ställe, där han kunde ta sig en öl och lyssna på musik, som han gillade.

För en vecka sedan gick han till Rolfs krog vid hamnen, där ett lokalt band spelade. Han hade varit där vid två tillfällen tidigare och blivit bekant med ägaren själv. Bekant var kanske att ta i, men de hade pratats vid när de möttes på stan en gång. De hade pratat om fotboll, något som båda var intresserade av. Anders hade sett Rolf vid Bollklubbens hemmamatch en gång.

På krogen han hade kunnat unna sig två öl till priset av en, eftersom det var bartömning. Bandet spelade bra, den sortens musik han gillade. Lagom rockigt och några ballader var helt i hans smak. Vid baren såg han en person, som han hört talas om. Paul Lundberg.

Anders hade hört att Paul hade stora spelskulder till personer han lånat pengar av, för att finansiera sina förluster på casino i bland annat Tyskland. Ju mer förlusterna växte, desto mer måste han låna och turerna över Östersjön blev fler och fler. Fordringsägarna hade tröttnat på honom och ställt ultimatum, att reglera sina skulder snarast möjligt. Om ryktet var sant, hade han intecknat gården han numera övertagit från sin far, till skyhöga belopp. Lån som skulle betalas med ränta.

Han hade sett hur Paul gick bort mot ett bord, där ett par just avslutat sin måltid. Han kunde inte höra vad de pratade om, men förstod att paret blev upprörda. Mannen var keramikern i Bräcke, vars verkstad eldhärjades för en tid sedan, visste han med bestämdhet. Paul avlägsnade sig snart och kvinnan gick mot toaletten.

Anders såg på henne. Det var något med hennes utseende, som gjorde att han dröjde sig kvar med blicken fäst på henne. Något drag hos henne påminde om någon från tidigare i livet, men han kunde inte förstå vem. Han hade aldrig sett kvinnan förut, det var han tvärsäker på. Kvinnan var helt nära, när han såg att ögonen lyste av rädsla. Ordväxlingen med Paul hade tydligen påverkat henne. Anders blev generad och såg bort.

Hans blickar på kvinnan hade inte undgått Paul, som

blängde på honom. Anders svepte resten av ölet och lämnade lokalen, för att inte råka ut för något trubbel. Egentligen hade han gärna stannat en stund till. På väg ut såg han Paul i livliga diskussioner med två män.

På hemvägen funderade han på kvinnan han sett på krogen. Vid Bokhandeln på Köpmansgatan stannade han upp. I fönstret låg en bok om Höganäs. Plötsligt blev allt så kristallklart för honom att han inte märkte att han pratade högt för sig själv. Fast det hade gått så många år, var han nu helt säker.

Hon hade sällskap med den där keramikern på restaurangen. Kanske skulle han kunna ta kontakt med honom och försiktigt förhöra sig om henne. Medan han fortsatte hemåt, bestämde han sig för att ta mopeden och köra ut till Bräcke en av de närmaste dagarna. Han måste varna henne.

Vinden hade börjat öka och en kall luftström kom farande längs Storgatan. Han drog upp dragkedjan på sin tunna vindtygsjacka och drog ner kepsen hårdare på huvudet. Det var nog snart dags att köpa sig en varmare jacka inför kommande vinter.

När han skulle passera på övergångsstället nära sin lägenhet, märkte han en bil i full fart komma från Storgatan, med skrikande däck ta sig runt i rondellen och med viss möda klara avtagsvägen mot Mölle. Som tur var fanns det inga andra bilar eller fotgängare just där, i annat fall kunde en olycka lätt hänt. Anders kunde inget om bilar, men såg att den var militärgrön och ingen vanlig personbil.

52

Dagarna fortsatte i sin vanliga lunk med arbetet på serveringen, som nu snart var slut för hennes del. Hon hade bjudit hem arbetskamraterna på en lätt middag en kväll, innan det snart var dags att packa ner det sista porslinet. De hade lovat varandra att hålla kontakten, men Karin var inte övertygad om att det skulle bli av. Hon hade trivts med dem och platsen hon bodde på, men nu var det dags för något nytt.

Hon berättade om Mattias och deras gemensamma dröm om galleriet i Mölle, som de skulle öppna till våren. De var givetvis inbjudna till vernissagen. Men hon berättade inte om det otrevliga mötet med Paul på hans gård, eller om branden hos Mattias. Allt var så overkligt när hon befann sig i lägenheten i Småland. Hon inbillade sig ibland att allting bara var en dröm. Telefonsamtalet från Solängen var droppen som fick bägaren att rinna över och oron ville inte släppa taget.

Hon såg sig i spegeln, märkte de mörka ringarna under ögonen. Håret var stripigt och hon behövde boka en tid hos frissan snart. Snart var det lördag och hon skulle åka ner till Ängelholm. Denna gången gick hon med på Eivors erbjudande, att sova över hos henne i Skälderviken. En natt kom de överens om, sedan ville Karin hem och göra det sista inför flytten. Mattias hade lovat att komma upp med ett släp, för att transportera de flesta kartongerna. Resten av bohaget skulle en flyttfirma ta hand om.

Karin slog upp ett glas vin och sjönk ner i soffan. Hon slötittade på TV, som visade ett avsnitt av *Fångarna på fortet.* Sharon Dyall och hennes bror Karl var med i programmet. Hon kunde knappt hålla ögonen öppna.

Plötsligt fladdrade gardinen i fönstret till och en gammal man stod utanför och glodde på henne. Hans ansikte var blekt och det vita långa håret föll ner för ögonen. Hon försökte skrika, men inga ljud kom fram. Utanför huset syntes inte något spår av mannen. Hon satte sig i bilen och körde därifrån med en rivstart.

Någon förföljde henne, en bil låg tätt bakom hennes bil på den slingriga vägen från fyren. Det var omöjligt, trots det korta avståndet, att se föraren i den bakomvarande bilen, hon var fullt sysselsatt att hålla sin bil på vägen. Som tur var fick de inget möte förrän de kom ner till byn.

Hon trampade desperat på gaspedalen, men kunde inte utöka avståndet till förföljaren. Farten ökade inte hur hon än försökte. Det hade börjat regna, så hon startade vindrutetorkarna. Till sin fasa såg hon att det inte var regn, utan tusentals spindlar som kröp över rutan. Karin svettades och var desperat. Hon vek av från länsvägen in på en grusväg, sikten var nästan obefintlig. Plötsligt befann hon sig på en gårdsplan intill ett stort träd. Förföljaren hade gått ur sin bil och riktade ett gevär mot henne. Hon förstod att hennes sista stund var kommen. Så såg hon hur en av gårdslängorna stod i lågor. Elden spred sig snabbt. Hon ville rusa dit, men kunde inte röra sig ur fläcken. Paul flinade åt henne, siktade på nytt och sade något som hon inte kunde uppfatta, hon hörde bara eldens spakande ljud. Så hörde hon smällen.

Hon vaknade upp i soffan och stirrade upp i taket. Bruset från teven hade väckt henne. Huvudet sprängde och hon var torr i munnen. När Karin lugnat ner sig efter den hemska drömmen och mödosamt tagit sig ut till köket för att dricka vatten, upptäckte hon krukväxten som låg på golvet. Fönstret var öppet, tydligen hade hon glömt att stänga det, innan hon hamnade i soffan. Väggklockan visade på fem över två på natten.

Karin hade trots allt lyckats somna om ganska snabbt på natten, men vaknat igen tre timmar senare. När hon närmade sig Ängelholm kände hon tröttheten komma. Körningen plus den hemska drömmen under natten, hade gjort henne slutkörd. En bensträckare vid sjön *Vidöstern* gav henne en välbehövlig paus och kaffefikat strax innan Skånegränsen piggade upp. Den skånska slätten öppnade sig söder om Hallandsåsen och hon kunde vagt skymta Kullaberg långt bort i väster. Kort därpå parkerade hon utanför Solängens sjukhem.

Ester låg i sin säng och var askgrå i ansiktet. Kraften och orken hade runnit ur henne, hon ville inte leva längre. Maten hon fick in rörde hon knappt. Karin försökte få kontakt med henne, men Ester var för svag för att svara. Lite vätska lyckades Karin ändå få i henne, när hon höjde sängen, så att den gamla kunde sitta upp.

Karin höll hennes tunna hand i sin, medan kvinnan i sängen somnade. Tårarna rann ofrivilligt på Karin och hon anade att slutet var nära. Innan hon gick bad hon personalen att ringa så fort Ester blev sämre, om det så var mitt i natten.

53

Paul Lundberg var på uruselt humör. Gårdens ekonomi var en katastrof och därmed också hans egen. Han hade numera kunniga anställda som skötte själva driften, men på senare tid hade han haft svårt, att få pengarna att räcka till deras löner. Någon hade sagt upp sin anställning. Hustrun hade själv tagit över hushållet för att minska ner på ytterligare anställda, men det var en droppe i havet.

Han tyska hustru Erika visste inget om ekonomin och trodde blint på hans försäkran att allt stod bra till. Men innerst inne anade hon oråd. Han spelintresse tycktes gå före allt annat, resorna till Tyskland som hon aldrig var med på, resulterade oftast i dagar med svordomar och dåligt humör efteråt. Hon försökte hålla sig undan, men var ett tacksamt offer för hans ilska.

När de träffades under helt andra förhållanden hade han nyligen övertagit gården från sin far Karl Lundberg och var beslutsam att göra den till en mönstergård. Trots många försök fick de aldrig några barn och sprickan mellan dem blev bara större ju fler år som gick.

Paul berättade inte mycket för sin fru, hon var mest som luft för honom. Hon såg till att det fanns mat på bordet varje dag och tog hand om sjuklingen i vindsvåningen. Men nu hade hon börjat tröttna och hotade att flytta tillbaka till Tyskland.

Paul behövde pengar, skulderna växte och han såg ingen omedelbar lösning på problemen. Gårdslängan måste repareras snarast, men det fanns inga pengar. Han visste att det fanns ett arv inom räckhåll och det var det han satte sitt hopp till. Hur mycket det var visste han inte, men trodde det rörde sig om en rejäl summa. Han var närmast anhörig och förhoppningsvis skulle den sjuke snart lämna jordelivet och Paul hade sina planer färdiga.

Men det som oroade honom var den där kvinnan som helt plötsligt dykt upp och störde hans planer. Han hade gjort allt för att skrämma iväg henne, men inte lyckats än. Snart skulle hon tydligen flytta till Mölle, vilket inte gjorde saken bättre. Om hon händelsevis kom på sanningen skulle det bli nödvändigt att ta till andra metoder. Han visste nu hennes adress i Mölle och det skulle vara enkelt att komma åt henne där.

54

Flytten ner till Skåne gick smidigt. Den sista veckan hade Karin förberett allt och när flyttbilen kom hade redan Mattias burit ut de flesta kartonger och målningar till släpet han hyrt. Drygt en timme senare var de på väg söderut. Det var inte utan ett visst vemod hon lämnade trakten, där familjen hade haft sina bopålar under många år. Men hon insåg med klarhet att det var dags att börja med något nytt. Hon såg på Mattias. Det pojkaktiga ansiktet med en lätt skäggväxt utstrålade ett lugn, som hon beundrade hos honom. Hon behövde hans trygghet just nu. Karin lade försiktigt en hand på hans axel och log mot honom.

"Tack för att du finns och att du hjälper mej!"

Mattias vände sig mot henne. Ansiktet sprack upp i ett stort leende.

Framåt kvällen hade de gemensamt hunnit få en viss ordning och lägenheten i Mölle såg trivsam ut. Det som återstod var uppackning av böcker och porslin. Karin hade inte lyckats hitta något arbete ännu, men var inte särskilt orolig. Hon hade gjort flera förfrågningar på kaféer och serveringar, både i Mölle och Höganäs, så hon hade gott hopp om att hitta åtminstone en halvtidstjänst.

Mattias körde in till Höganäs och köpte var sin pizza och dukade upp med sallad och vin. Själv drack han en cola. Även om det inte var den bästa tiden på året, kände Karin ändå, att hon skulle trivas där. En blek sol gick ner bakom Kullabergs utstickare bortom hamnen, som låg där tyst och stilla i ett violett ljus. Så här års fanns det inga turister som strosade runt vid serveringar och glassbarer. Ortsborna höll sig hemma vid denna tiden på kvällen. En och annan hundägare var ute på den obligatoriska rundan, för övrigt andades platsen ett sällsamt lugn.

Hon var glad att ha Mattias till hjälp. Han hade levt upp med att engagera sig i hennes flytt, som hade brutit den enformiga ensamheten. Det var hans egna ord och Karin blev varm om hjärtat, när hon hörde det. Hon hoppades mycket på deras samarbete i lokalen de nu hyrde och skulle iordningsställa inför kommande säsong.

Telefonen ringde tidigt nästa morgon. Mattias hade övernattat på soffan, trött efter allt slit. Karin var tacksam för att inte vara ensam första natten. De hade båda somnat ganska tidigt. Klockan var bara halv sex och Karin anade det värsta. Hon hade sagt att de fick ringa när som helst på dygnet, men var ändå oförberedd. Arbetet med flytten hade skingrat tankarna från allt annat.

På tredje signalen svarade hon.

55

Salen var steril och klinisk fri från färg och trivsel. Två stolar med blå stolsdynor var det enda som bröt mot de bleka gardinerna och vita väggarna. Karin antog att det måste vara så.

I sängen låg Ester under den svagt gulaktiga filten, med droppflaska intill sig och sladdar kopplade till instrument i rummet intill. Hon var inte vid medvetande och den vänliga sjuksköterskan Lisa berättade, vad läkaren kommit fram till efter förmiddagens undersökning.

Ester hade kommit till intensivvården på sjukhuset efter en hjärnblödning under natten. En skiktröntgen hade visat på en stor inre blödning i hjärnan, en blödning som skulle vara svår att operera eller ens behandla. Ester var alldeles för svag för att klara av det. Därmed beslöt man även att inte sätta in hjärt-lungräddning om hon skulle få hjärtstopp, vilket i de flesta fall brukade inträffa inom tre dygn.

Karin förstod vad det innebar. Hennes mamma skulle sluta sina dagar på sjukhus, omedveten om att hennes dotter satt och höll hennes hand. Karin hoppades att mamman kunde känna beröringen och ville ge henne en inre frid intill slutet. Hon ringde till sina vuxna barn, som skulle komma under eftermiddagen och ta farväl av sin mormor.

Det var alldeles tyst i rummet, bara ett svagt susande från ventilationen hördes. Karin iakttog droppflaskan som gav lite näring till den tunna kroppen. Hon kände att det monotona droppandet sövde henne och fick anstränga sig för att inte somna. Under timmarna som gick passerade hela livet genom hennes huvud, från barndomsåren, genom vuxen ålder och fram till beskedet att Ester måste in på ett vårdhem. Hon hade haft det bra på Solängen. Efter hand som hon blev sämre, blev hon mer apatisk och tidvis frånvarande.

I tystnaden var tankarna som ett eko från dåtiden, allt samlat i ett stilla vakuum. Det gav henne ro där hon satt med mammans hand i sin.

Hon såg på sin mamma och hade så många frågor som aldrig ställts, frågor hon skulle vilja ha svar på. Men nu insåg hon med stor förtvivlan att det var för sent. Även om de hade haft en bra relation genom åren, hade avståndet mellan dem varit för långt för sporadiska besök. Det gjorde ont att tänka på.

Karin hade velat fråga henne vem den där besökaren var, han som kallade sig för en släkting. Personalen kunde inte redogöra för hur han såg ut, men Karin hade sina aningar. Paul Lundberg. Det måste vara han.

Men varför han körde de tre milen till Ängelholm och besökte Ester kunde hon inte begripa. Det var tydligen något som han oroade sig för. Hade han försökt att skrämma Ester till tystnad? I så fall hade han lyckats med det. Om hon kunde bevisa, att han varit på sjukhuset och hotat Ester skulle det vara en polissak. Men hon hade inga bevis. Ord skulle stå mot ord.

Själv hade hon blivit illa berörd vid sitt besök på gården och hans uppträdande på krogen. Han visste tydligen allt om henne och ville ha bort henne. Kanske var branden hos Mattias också en varning. Hon bestämde sig för att ta tjuren vid hornen vid bästa tillfälle, det fick bära eller brista. Hon måste få veta sanningen.

Av en ingivelse öppnade hon lådan på sängbordet, där några få av Esters tillhörigheter låg. Hennes portmonnä och ett foto var allt som fanns där. Resten var tydligen kvar på sjukhemmet och måste tas om hand i sinom tid. Karin tog fram det svartvita fotot, som föreställde två unga kvinnor, den ena kände hon igen som sin moster Anna. Den andra kvinnan var äldre, kanske skiljde det tio år mellan dem. De log mot fotografen, på ett sätt man gör när man är ung och ovetande om framtiden.

Karin vände på bilden. På baksidan stod med spretig stil två namn. *Anna och Nanny.* Karin såg på fotot igen, men kunde inte komma på vem den där Nanny var. Hon hade aldrig hört namnet förut. Karin öppnade munnen för att fråga, men insåg direkt att det var lönlöst, mamman var helt borta från världen.

Hon stoppade fotot på sig, övertygad om att hon vid något tillfälle skulle ta reda på vem Nanny var. Anna såg ut att vara i tonåren, så fotot måste ha tagits något år före hennes död. Kanske var de arbetskamrater på gården när allt kom omkring, eftersom de inte tycktes vara skolkamrater. Bakgrunden var suddig, men en byggnad kunde urskiljas bakom dem. Karin funderade på vem hon skulle kunna fråga. Kanske den där släktforskaren Falk, kunde leda henne rätt. Han bodde bestämt i Arild, inte långt från Mölle. Hon hade en förhoppning om att kvinnan var i livet och kunde berätta något om moster Anna.

56

Vädret såg skapligt ut för en tur på mopeden bort till Bräcke. Anders hade funderat på kvinnan i flera dagar och bestämde sig nu för att besöka keramikern, för att höra något mer om henne. Kanske hade han tagit helt fel, men hennes utseende skvallrade om att han hade rätt. Det gällde bara att inte göra bort sig.

Han hade tagit reda på var Mattias bodde, i stugan där det var en eldsvåda för en tid sedan och i den stugan där Emil Ström blev ihjälsparkad av en häst. Han mindes det som det var igår, när Karl och hans tyske vän kom tillbaka till gården och var upprörda. Polisförhören, utredningen, som lades ner på grund av brist på bevis. En olycka, som ledde till Emil Ströms död, stod det. Men själv hade han hört ynglingarna prata om händelsen. De hade bestämt sig för att skyllda på varandra. Men Anders hade aldrig sagt något till polisen. Han hade varit rädd om sitt arbete. Något han förbannade i efterhand.

Efter Nyhamnsläge tog han till höger in på grusvägen och efter några kurvor var han framme. Tveksamheten om han verkligen skulle knacka på, kom över honom medan han sakta passerade huset. Men efter en stund körde han tillbaka och fram till Mattias hus. Spåren efter branden var nästan utplånade, men han såg att delar av taket var nytt. Det stod inte någon bil på gården, så han antog att ingen var hemma. Kanske skulle han ringt. Han bultade på dörren, men inget hände.

Anders körde iväg på grusvägarna i området och kom så småningom fram till Krapperup. Det hade inte tagit mer än högst tio minuter och han gjorde sig inga förhoppningar om att Mattias kommit hem ännu. Ändå svängde han in på grusvägen igen, bara för att konstatera att huset var lika tomt som tidigare.

Eftermiddagens ljus började avta, några mörka moln drog in från väster när Anders styrde hemåt igen. Han sneglade han mot havet och kunde skymta gården han arbetat på i sin ungdom. Tio år hade han stannat hos Lundberg. Till en början hade han trivts, men de sista två åren hade allt spårat ur, med tyska nazister på besök och Nils Lundbergs oförklarliga vilja att blanda sig med den sortens människor. Även om Anders inte förstod allt, märkte han att gårdsägaren hade förändrats till det sämre och inte längre tänkte på gårdens drift och skötsel i första hand. När sedan pigan Anna blev innebränd och Nanny försvann från gården, fick han själv nog. Det blev alltför många händelser och underligheter, som han inte ville vara med om, så han slutade sin anställning på Lundbergs gård.

Anders var inne i sina tankar och märkte inte bilen närma sig bakifrån. Han sneglade bakåt och styrde in mot vägkanten, för att släppa förbi bilen. Mopeden slirade till i gruset. Han miste balansen och föll av fordonet. Innan allt blev svart visste han under några sekunder att hans kropp var på väg mot dikesrenen. Det enda han tänkte på var att inte förstöra sin nya jacka.

57

På väg hem från Mölle hörde han sirener från polisbil och ambulans. Mattias hade tillbringat eftermiddagen med att måla innerväggar i lokalen, som skulle bli deras gemensamma galleri och Karins ateljé. Regnet hängde i luften och när han passerade Krapperup kom de första dropparna.

Han hade inte hört något från Karin det senaste dygnet, men ville inte ringa. Hon skulle höra av sig vid tillfälle. Mattias förstod att Karin måste vara helt slutkörd efter flytten och nu med mammans kamp på sjukhuset. Han ville vara hos henne, hjälpa och stötta, men visste alltför väl att hon ville vara ensam, trots allt det svåra. Han försökte förstå henne, men blev rastlös av att känna sig otillräcklig.

Mattias svängde in på grusvägen mot sitt hem och såg det blinkande blå ljuset på avstånd, där de öppna fälten övergick till bebyggelsen vid Nyhamnsläge. Något hade tydligen hänt, förmodligen en olycka. Han såg ambulansen köra iväg söderut med sirenerna påslagna.

58

Vid ettiden på natten slutade Esters hjärta slå. Karin hade kilat iväg och hämtat en mugg kaffe, för att hålla sig vaken. När hon kom tillbaka efter någon minut, förstod hon att slutet var nära. Hon lade sin ena hand på mammans hjärta och satt så en stund tills allt var över. Hon väntade några minuter att kalla på nattsköterskan, ville vara ensam i sin sorg en stund.

Eivor hade gett henne en nyckel, ifall hon ville komma och sova. Karin kände att hon inte hade ork att köra hela vägen till Mölle, till sin ännu inte iordningsställda lägenhet. Efter nödvändiga formaliteter på sjukhuset i Ängelholm, körde hon den korta sträckan till Skälderviken två timmar senare. Hon stupade i säng, men kunde inte somna. Tankarna snurrade runt i huvudet på henne. Hon tog en sömntablett och sov en orolig sömn.

Klockan elva på förmiddagen slog hon upp ögonen. Huvudet värkte. Sakta kom allt som hänt under natten upp i hennes medvetande. Efter en stund steg hon upp och tog en varm dusch. Eivor hade tagit ledigt från sitt arbete och hade kaffe och smörgåsar framdukat till henne. Hon hade läst lappen Karin skrivit och ville vara vid hennes sida, när hon sovit klart. Karin tog en ostfralla och en mugg kaffe och försökte på ett behärskat sätt berätta för Eivor. Hon förstod inte själv hur hon kunde vara så lugn, när hon egentligen ville skrika ut sin sorg. Så kom tårarna och kände sig förlamad av förtvivlan.

På eftermiddagen körde hon hem, men gjorde en sväng in till Mattias, som var hemma. Han blev glad att hon kom och de satt länge och pratade om livet och döden. Han ville absolut fixa mat till dem och trollade snart fram en utsökt middag, som smakade bra. Det kändes skönt att ha vänner som brydde sig och lyssnade på henne. Hon kände att hans stöd var en trygghet. Han var så tålmodig och samtidigt otålig i sin ansträngning, att sträcka ut en hjälpande hand.

Mattias lyssnade på alla hennes frågor om *varför*, som egentligen inte hade några svar. Men hon hade ett stort behov att ställa frågorna efter den senaste tidens händelser. Händelser som alltmer tydligt hade något samband med henne själv. Karin kom att tänka på fotot och tog fram bilden på sin moster och den andra kvinnan. Hon vände på fotot och visade namnen på baksidan.

"Har du hört talas om någon som heter Nanny?"

"Inte vad jag kan minnas, har aldrig hört namnet."

De satt tysta en stund i sina funderingar. Karin hade så småningom hämtat sig från det faktum, att hennes mamma var borta och började tänka på praktiska saker, som var nödvändiga att ta itu med. Hon var glad att hon hunnit flytta och kunde lättare planera allt därifrån. Hon påminde sig själv att försöka ta kontakt med sin morbror i USA och berätta att hans syster gått bort. Hon trodde inte han var beredd att komma till begravningen. Någonstans i Esters adressbok kunde hon säkert hitta hans adress. Den andre brodern skulle också underrättas.

Trots sorgen hade hon fokus på annat.

"Tror du att Nanny var en anställd på Lundbergs gård?"

Karin kunde inte släppa tanken, hon måste få klarhet. Hon förstod inte varför, men den senaste tidens händelser tycktes höra ihop och hon ville få ett svar. Mitt i sorgen var hon stundtals beredd på strid och pressa Paul Lundberg att svara på hennes frågor. Kanske skulle hon få kraft att göra det senare, efter begravningen.

"Det är ju inte omöjligt. Förresten var det en olycka här i närheten igår. En äldre man på moped blev skadad, när han körde ner i diket. Han blev inte svårt skadad, men ligger kvar på sjukhuset för benbrott och diverse blessyrer. Han heter Anders Edgren och bor i Höganäs. Det fanns en Anders som arbetade på Lundbergs gård förr i tiden, har jag hört."

Karin såg på Mattias, undrade om han hade samma tankar som hon. Alla händelser på senare tid tycktes besynnerliga och kunde väl inte bara vara tillfälligheter. Eller var det hennes fantasi som skenade iväg? Samtidigt tyckte hon att Mattias verkade underlig när Lundbergs gård kom på tal. Hon frågade sig varför. Hur kände han till att en man vid namn Anders hade arbetat på den där gården? Men visste inget om Nanny?

Hon kände hur tröttheten tog överhand. Hon inte kunde inte längre hålla ögonen öppna. Maten, värmen i stugan och den fysiska närheten till Mattias var välgörande, som balsam på såren. Hon lät honom leda henne till soffan för en välbehövlig vila. Väggklockans tickande ljud vaggade henne till sömns, medveten om att Mattias fanns där och såg till henne. Hon somnade direkt.

59

Olyckan betecknades som en eventuell smitningsolycka efter förhör med den skadade Anders Edgren, som hade tillfrisknat ganska snabbt. En stukad fot och rejäla skrapskador i ansiktet var det enda som avslöjade att han varit med om en olycka. Hjälmen hade räddat honom från att få allvarliga skador i huvudet. Hans kläder var smutsiga och hans nyinköpta höstjacka var sönderriven. Anders var mest ledsen för jackan, som han köpt i stadens enda herrekipering.

"Märkte du om bilen körde på dig?" frågade polismannen under förhöret.

Anders ruskade nekande på huvudet och märkte att det gjorde ont i nacken. Stödkragen hjälpte en del, men han måste nog vara försiktig i sina rörelser.

"Jag märkte bara att det fanns en bil bakom mig, så jag körde in till kanten. Sen stöp jag i backen, svimmade visst av en stund. När jag vaknade till stod det en person intill mig. Han ringde visst efter ambulans."

I två dagar hade polismän gjort besök hos villaägare i det kvarter som fanns i anslutning till olycksplatsen, men inte hittat några bilar med skador. Ingen hade heller sett något, olyckan hade skett på eftermiddagen, innan man hunnit hem från sina arbeten. Polischefen beslöt att utöka sökområdet något, för att eventuellt hitta något skadat fordon.

Tre dagar senare hade man fortfarande inte fått klarhet i om det var en påkörning eller en singelolycka. Utredningen lades åt sidan.

60

Under veckan var Karin sysselsatt med att tänka på allt inför begravningen. Även om det skulle bli en enkel ceremoni, var det ändå mycket som skulle ordnas. En situation hon kände sig helt främmande i. Mitt i sorgen pockade en mängd praktiska saker på att åtgärdas. Som tur var hade hon Mattias till sin hjälp.

Rummet på Solängen tömdes på de få ägodelar den gamla kvinnan hade. Det fanns redan en ny patient som skulle få hennes rum. Karin hittade ytterligare ett foto på sin moster Anna, ett foto från hennes konfirmation. Anna satt på en stol i sin vita klänning, håret hade antagligen hennes mor lockat, runt halsen hängde ett silversmycke i form av ett kors. I händerna höll hon sin psalmbok medan hon log mot kameran.

Karin letade bland Esters papper, men hittade inte fler anteckningar om någon som hette Nanny. Men hon var mer och mer övertygad om att Nanny varit arbetskamrat till Anna på Lundbergs gård. Hon tog fram fotot hon hittat tidigare och studerade det. Det såg ut att vara sommar med tanke på deras klädsel. I bakgrunden fanns en byggnad och i högra kanten på fotot skymtade ett träd. Även om bilden var något oskarp och inte i färg, gick det ändå att föreställa sig de två som väninnor, trots att Anna tycktes vara minst tio år yngre än den andra. Väninnor som var arbetskamrater på gården vid Svarta Halla. Det var en realistisk tanke.

Nanny. Hon funderade på namnet, visste inte om det var ett smeknamn på en kvinna, som hette något helt annat. Själv hade hon aldrig hört namnet förut. Hon måste ta kontakt med släktforskaren Nils-Erik Falk. Kanske han vet något om namnet, kanske han rent av vet vem hon är, fortsatte hon i sina tankebanor.

Karin ville till varje pris veta allt om hur hennes moster dog där på gården vid Svarta Halla. Tydligen hade Karin med sitt uppdykande gjort Paul irriterad. Men vad hade han för anledning att visa sin aversion mot henne? Var det något i det förflutna som inte fick komma fram? Något som hade med henne att göra? Hon måste ta reda på sanningen. Enda sättet var att konfrontera honom och få honom att förklara. Men först ville hon besöka Nils-Erik i Arild.

Hon hade fortfarande en del att packa upp i sin lägenhet, men det fick vänta. Efter begravningen skulle det finnas tid att ägna sig åt egna sysslor. Mattias hade målat i deras gemensamma lokal och snart skulle de planera för verksamheten. Hon hade blivit erbjuden ett halvtidsjobb på ett konditori i Höganäs, vilket skulle passa henne utmärkt tills vidare. De hade kommit överens om att hon skulle börja om en månad. Karin såg fram emot att börja få ordning på sitt liv. Men först hade hon några trösklar att kliva över.

61

Vägen till Arild gick genom en vacker lövskog vid Balderups herrgård, innan hon strax före Brunnby kyrka kom fram till öppnare fält. Hon tog av till vänster och närmade sig Arild efter någon kilometer. Prydliga små hus kantade infarten till byn, skyltar avslöjade att det fanns flera aktiva konstnärer i området.

Hon passerade Hotell Strand och såg ner mot det lilla kapellet, långt ner i den sluttande terrängen. Den anrika Rusthållargården, där vägen svängde ner mot hamnen, var en pampig restaurang med inriktning på konferenser. Denna gråmulna eftermiddag såg byggnaden dock trist ut, även om de tända takkronorna innanför talade om något helt annat. Karin svängde in på Strandhagsvägen, förbi små låga hus. Hon gissade att några av dem bara utnyttjades på sommartid. Ändå körde hon med krypfart, rädd att störa idyllen med sin bil. Hon parkerade på en gräsplätt och gick sista sträckan fram till Nils-Eriks hus.

Han blev mycket överraskad av besöket, men samtidigt

lättad. Han antog att Karin nu kommit för att söka sina rötter, som fanns där i Kullabygden. Han skulle berätta vad han kommit fram till. Ryktet hade spridit sig, att hon köpt lägenhet i Mölle och flyttat dit, för att etablera sig som konstnär. Med tanke på hennes målningar han sett på utställningen förstod han, att det var ett förnuftigt val hon gjort. Men ändå djärvt.

Huset låg vackert på höjden i utkanten av byn, med naturen inpå knutarna och med en vidunderlig utsikt över Skäldervikens vatten. Trädgården var en naturtomt och skulle förbli en sådan, så länge Nils-Erik bodde kvar, förstod hon. Några igenväxta små rabatter skvallrade om att hans hustru en gång gärna ägnat sig åt trädgårdsarbete. Nu var blommorna vissna och överväxta av ogräs.

Han bjöd in henne i köket, som tydligen var husets plats för gäster. Det ganska stora vardagsrummet var belamrat av böcker och tidskrifter, som låg i högar på bordet. I ena hörnan fanns ett skrivbord med en dator. Hon förstod att han fortfarande var sysselsatt med att forska och skriva böcker. Det var en ensam mans bostad, trivsamt rörig, utan att vara ostädad.

Han bryggde kaffe och tog fram ett paket Ballerina ur ett skåp. Nils-Erik var glad över besöket, något som inte var så vanligt numera. Hon märkte att han klippt sitt vita hår sedan de sågs senast och hans bruna ögon plirade i hans väderbitna ansikte. Hon mindes att han talat om sina guidade turer på berget och berättade om sin egen upplevelse där uppe. Han bullriga skratt var trivsamt.

"Men du har nog inte kommit hit för att berätta om dina vandringar bara. Är det något du undrar över?"

Karin märkte att han såg på sin klocka och hon undrade om hon hade kommit olämpligt. Tiden hade gått fort medan de pratat och snart var det mörkt ute.

"Nej absolut inte, men jag är hembjuden till en tidigare arbetskollega några hus bort om drygt en timme. Men det tar inte mer än fem minuter att gå dit. Vi brukar träffas en gång i månaden hos varandra och prata gamla minnen från skoltiden. Vi var lärare båda två."

Karin tyckte om den gamle mannen och hade gärna stannat kvar, men ville inte uppehålla honom. Hon tog fram fotot av Anna och Nanny.

"Känner du igen någon av de här?"

Nils-Erik Falk studerade det noga, efter att ha hämtat ett förstoringsglas. Synen var inte den allra bästa nuförtiden. Han ansikte fick med ens ett allvarligt uttryck. Han vände på bilden och läste namnen.

”Nanny var anställd som hushållerska hos Nils Lundberg på gården borta vid Svarta Halla. Hon försvann därifrån har jag hört i samband med eldsvådan.”

”Hette hon Nanny på riktigt?”

Falk såg på henne och tycktes fundera på hur han skulle uttrycka sig, för ovanlighetens skull.

”Nej, även om det var ett vanligare namn förr i tiden, så hette hon inte det. Nanny är egentligen ett smeknamn för Anne, åtminstone i engelsktalande länder. Hon kom från östra delen av Skåne, men jag vet att hon inte hette Anne.

Karin blev imponerad av hans kunnande, men blev otålig.

”Men vet du vad hon hette då?”

”Hon heter Hanna.”

”Heter säger du, lever hon?”

”Vad jag vet så lever hon. Hon bor i Höganäs och jag tycker att du skall söka upp henne. Jag tror att hon skulle uppskatta det.”

Karin blev nästan stum av förvåning och visste knappt vad hon skulle säga. Hon kände adrenalinet pumpa.

”Hon fick en tjänst i Helsingborg, hos en man som hade ett bageri. Hon gifte sig med mannen en kort tid efter branden på gården och visade sig inte i de här trakterna förrän mannen dött. Då flyttade hon till Höganäs. Jag har sett henne där några gånger.”

”Känner du till hennes efternamn?”

”Almgren. Hon heter Hanna Almgren.”

62

Hösten var den årstid som Karin alltid gillat bäst. När hon bodde i Småland njöt hon intensivt, när träden fullständigt exploderade i en färgsprakande symfoni. Då tog hon långa promenader i skogen, plockade svamp och bär som hon tog hand om efteråt. Under stunderna i skogen kunde hon ofta få idéer och inspiration till en ny målning. Hon tyckte om naturens små ljud och blev stärkt av den. En porlande bäck eller trädens prasslande blad fick henne att koppla av, varva ner och bli mer kreativ.

Nu hade hon Kullaberg som sin tillflyktsplats, även om svampen lyste med sin frånvaro. Men det fick duga, trots allt. Några mil bort fanns Hallandsåsens sydsluttning, med några små sjöar och svampställen i skogen.

Men nu var hon på väg till Höganäs för att leta upp den kvinna som Falk påstod hette Hanna Almgren. Karin kände sig en aning spänd inför mötet. Hon hade ingen aning om hur Hanna skulle reagera. Om hon överhuvudtaget var hemma. Om hon var villig att berätta något.

Många år hade ju passerat och det fanns en risk att Hanna hade förträngt allt det gamla och bara levde i nuet. Men det fanns ingen återvändo nu.

Oktobersolen var blek och himlen började anta en grådisig ton nu på eftermiddagen. Hon hittade en ledig plats att parkera bilen på vid kyrkan, det var aldrig några problem i den lilla staden. En annan fördel var att det inte fanns några parkeringsautomater där.

Karin kände en svag bris från havet, som fick henne att knäppa kappan och skynda på stegen i riktning mot rondellen. Hon hittade huset, ett gult hyreshus i tre våningar. På en namnskylt kunde hon se att adressen stämde. Hon tryckte på knappen och väntade.

Karin funderade på om hon borde ha ringt upp henne och avtalat tid, men nu var det hur som helst försent. Ingen svarade på ringningen, så hon tryckte ytterligare en gång. Hon höll knappen intryckt en längre stund.

Bara ett fåtal personer passerade på trottoaren där hon stod och väntade. Hon hade just förberett sig på att gå därifrån, när hon genom glasrutan såg någon som kom nerför trappan. En gammal dam öppnade porten och de såg på varandra under en kort stund.

"Har jag kommit rätt, är du Hanna Almgren?"

Den gamla damen svarade med en nick. Karin tyckte sig se en viss oro i hennes ansikte, medan hon svarade.

"Kom med upp, vi har nog en del att prata om."

På väg upp till lägenheten märkte hon, att den gamla damen gick utan svårigheter. Det fanns inga onödiga kilon på den något rundnätta kroppen. Karin inbillade sig att Hanna hade haft ett aktivt liv och en sund livsföring. Den blommiga klänningen vittnade om en bra klädsmak. Håret som glesnat något, var grått och klippt i en klädsam frisyr.

Hanna öppnade dörren till lägenheten och bjöd henne stiga in. Hallen var liten och trång. Karin sneglade in i vardagsrummet. Det var möblerat i en stil som passade en äldre dam, en bekväm soffgrupp, fåtölj med fotpall och en TV. På soffbordet fanns en vas med fräscha blommor och en bok. Stilfulla gardiner ramade in fönstret mot innergården. Krukor med orkidéer. Lägenheten var prydlig och trivsam.

De satte sig i köket. På vägen upp hade ingen av dem sagt något. Karin hade bara kort sagt sitt namn och den äldre damen hade nickat till svar. Det var till slut hon som bröt tystnaden.

"Hur hittade du mig?"

Karin som fäst blicken på den vissnande krukväxten i fönstret, vände på huvudet.

"Av en ren slump egentligen."

Hanna tog fram några kanelbullar ur frysen och värmde dem i mikron. Hon hällde upp det nybryggda kaffet i blommiga kaffekoppar. Själv ville hon ha en skvätt grädde i sitt kaffe.

Karin berättade att hon bott i Småland i många år, men att hon efter skilsmässan fick en längtan tillbaka till Skåne. Flytten till Mölle, utställningen på Krapperup, mammans död, nyfikenheten om sin släkt och besöket hos Nils-Erik Falk. Hon nämnde också det otrevliga besöket hos Paul Lundberg på gården vid Svarta Halla.

"Falk berättade att du hade varit hushållerska på gården när Pauls farfar ägde den. Nils hette han visst. Vad jag har hört så arbetade min moster också där, men dog tyvärr i en eldsvåda när hon var ganska ung."

Hannas hand darrade när hon satte ner koppen. Hon visste med sig att hon måste gå varligt fram, när hon avslöjade vad som hänt där på gården. Tydligen var inte kvinnan medveten om det. Så började hon berätta.

63

Mannen kände sig sämre och sämre för varje dag som gick. Nu när Pauls fru lämnat honom och rest tillbaka till Tyskland, var det som om han övergetts, utlämnad åt sitt eget öde. Han hade visserligen fått sitt morgonkaffe och en smörgås, men inte alltid någon lunch eller ens middag. Det var tyst i huset under dagen och han befarade att ingen fanns till hjälp om det skulle behövas. Krafterna avtog, mannen var mycket orolig.

Hade han bara orkat ta sig ner för trappan, så skulle han försöka påkalla hjälp på något sätt. Det fanns inte någon telefon där han satt så gott som inspärrad, utan att kunna kommunicera med någon människa. Han tvingades helt förlita sig på den godtyckliga omsorgen som gavs. Tabletterna var snart slut och Paul hade lovat att köpa hem nya, men hade antagligen glömt bort det.

Paul hade blivit så vresig mot honom den senaste tiden, skrek och svor på ett sätt han inte gjort från början. Vad det berodde på förstod han inte. Han hade ju lovat att ta hand om honom.

Vi ska ta hand om dej. Det var så han hade sagt.

Till en början var allt bra, han fick ett möblerat rum på ovanvåningen, där han hade sina personliga ägodelar. Böcker, fotografier, sådant som var viktigt för honom, som fick honom att minnas livet före sjukdomen. Han fick hemlagad mat och tabletter för sin sjukdom. De hade hjälpt honom ut på promenad vid bra väder. Visserligen bara en sväng på gårdsplanen, men han var tacksam för det lilla. Varje gång kom fortfarande svåra minnen över honom, minnen som inte kunde suddas ut.

Men allt hade förändrats och han anade att något måste hända snarast om han skulle överleva. En kvinna hade kommit i en bil och pratat med Paul nere på gårdsplanen. Hur lång tid det var sedan mindes han inte, allt flöt ihop. Han visste aldrig ens vilken veckodag det var. Han hade försökt göra henne uppmärksam på sin belägenhet, men inte lyckats och såg henne köra iväg medan hoppet försvann.

Den sjuke mannen levde sitt liv i ensamhet, i en tyst förtvivlan, som förtärde hans själ. Livrädd att han en vacker dag skulle försvinna helt och hållet, lösas upp, utan att någon brydde sig. Han längtade efter mänsklig kontakt.

64

Det hade börjat skymma ute medan Hanna berättade om livet på gården. Hon hade lätt för att prata och Karin kunde utan besvär följa hennes målande beskrivningar av Nils Lundberg och hans hustru Siri, det slitsamma arbetet och besöken av tyska militärer. Hon noterade att Mattias hade rätt angående drängen under de åren Hanna och Anna arbetade där. Det var mycket riktigt Anders.

"Du kallades för Nanny?"

"Alldeles riktigt, det var mina småsyskon hemma som kallade mig det och jag tyckte då att det var ett bra namn. Så det fick hänga med några år."

"Vad hände där på gården egentligen? Vad jag har hört så blev min moster innebränd. Det pratades inte så mycket om det hemma i Ängelholm, där vi bodde. Det var som att det skulle tystas ner. Varför? Jag har egentligen inte funderat på det så mycket förrän nu, när jag kom ner till dessa trakterna efter många år."

Hanna blev först tyst. Hon verkade samla sig, för att kunna berätta vidare. Tårar trillade nerför hennes kinder, det gick inte att hejda. Köksklockans tickande var det enda som hördes i tystnaden som uppstod. Karin lade sin hand på hennes axel. Hon ville inte plåga den gamla damen, men trots allt måste hon få veta sanningen. Hon avvaktade.

Hanna torkade tårarna och fortsatte berätta.

"Det jag nu skall tala om för dej har jag velat göra länge. Men jag har inte vågat leta upp dej. Jag vet att det är fegt, men jag har varit så villrådig. Visste inte hur du skulle ta det. Men nu måste sanningen fram."

Karin blev ställd av Hannas våndor och anade att under de närmaste minuterna skulle något drastiskt berättas, något som skulle ställa allt på sin spets. Hon stålsatte sig inför fortsättningen. Senare skulle hon komma att tänka, att hon varit helt oförberedd på vad Hanna berättade.

Det var mörkt i köket. Hanna reste sig och tände en lampa i fönstret. Hon satte sig tungt ner på stolen med en suck. Hon strök en osynlig smula från bordsduken och såg på Karin. Vinden hade tilltagit ute, regnet piskade i omgångar på fönstret.

65

Han kände sig hungrig och satte sig upp från sängen. Det snurrade till i huvudet av den hastiga rörelsen. Han tvingade sig sitta kvar en stund, tills yrseln hade gått över. Försiktigt reste han sig och provade gå några steg. Oskar kunde inte minnas när han åt senast. Han såg ut genom fönstret. Det hade börjat mörkna och ett regn föll utanför. Vinden ruskade i kastanjeträdet på gårdsplanen. Han var totalt ensam med sina tankar.

Plötsligt förflyttades han långt tillbaka i tiden. Han tyckte sig se Anna komma gående över grusplanen med ägg i förklädet. Hon skyndade sig in i huset, innan han hunnit vinka till henne. Ögonblicket var över och han förstod att det bara var en inbillning.

Han viskade hennes namn för sig själv och tog fram ett gammalt foto som han gömt under huvudkudden. Så unga de hade varit, så kära i varandra, att inget annat betydde något. Han skulle bara göra sin resa, för att sedan komma hem och gifta sig med henne. De skulle få det bra hade han tänkt, när han läst hennes brev. Hon hade berättat att hon var gravid och undrade när han kom hem från Brasilien. Han hade hastigt avslutat sitt engagemang och ordnat med resan hem till Sverige. Faderns brev hade för ett ögonblick oroat honom, men han litade på sin Anna.

Tårarna rann på Oskar när han tänkte på det fruktansvärda ödet som drabbat Anna. Innebränd med deras barn i sin mage. Han förbannade sig själv att han rest iväg, men mest för att han inte hann hem innan den hemska branden, som tagit Anna och barnet från honom.

Begravningen var redan klar när han satte sin fot på svensk mark. Hans föräldrar hade förklarat vad som hänt och gjorde vad de kunde för att lindra smärtan. Hans enda bror hade undvikit honom, de pratade aldrig om eldsvådan. Snart hade Oskar sökt sig bort från familjen och gården. Han hade tagit det hårt och aldrig velat träffa någon annan kvinna. Oskar hade levt ensam, arbetat mycket för att komma ifrån sorgen.

Det var först för tre år sedan som Paul gett honom bostad och vård, något som visade sig vara ödesdigert. Omsorgen var numera obefintlig, han skulle ruttna bort i det lilla rummet, kände han.

Oskar gick fram och kände på dörren. Varför han gjorde

det visste han inte, den var ju alltid låst. Men en ingivelse fick honom att trycka ner handtaget. Överraskningen var total när dörren gled upp. Darrande stod han en stund, fortfarande med handen på handtaget, osäker på vad han skulle göra härnäst. Han tog ett steg ut i hallen, kände en svalare luft strömma mot sig. En annan lukt än i sitt instängda kyffe. Han ropade, men ingen svarade. Oskar förstod att det inte fanns någon hemma.

En tanke började forma sig i hans huvud. Det var länge sedan han var nere på bottenvåningen, men mindes trots allt hur det såg ut där. Han måste försöka ta sig ner. Ner till köket i första hand, dricka vatten, kanske hitta något att äta också. Men trappan var brant och han skulle behöva vara mycket försiktig.

Han höll sig i räcket och satte tveksamt ena foten på första trappsteget.

66

Hon skyndade till bilen medan regnet fortsatte falla. Kyrkklockornas djupa, dystra klanger fick luften att vibrera. Det lät ödesmättat. Karins huvud var fullt av stridiga känslor efter besöket. Hon hade blivit väldigt tagen och överrumplad av Hannas berättelse. De hade suttit kvar en lång stund i köket, tills Karin bröt upp.

Hanna hade sakligt berättat om förälskelsen mellan Anna och Oskar. Hon hade tyckt väldigt bra om Anna, som anförtrodde sig till henne om allt möjligt. Anna var ung och ovan vid arbetet, som ibland var tungt. Men hon klagade aldrig. Belöningen kom när hon träffade Oskar på söndagarna. Hanna märkte vad som höll på att hända mellan dem och var glad för deras skull.

"Anna blev gravid, men upptäckte det inte förrän Oskar hade rest till Brasilien, där han skulle stanna något år. Tre veckor före den beräknade födseln berättade hon det i ett brev till honom. Han blev glad och skyndade att ordna med hemresan. Nils Lundberg var som vanligt odräglig. Han märkte förstås att hon var med barn och kunde inte låta pigan arbeta vidare, samtidigt som hon skulle uppfostra ett barn. Han föreslog därför att barnet skulle adopteras av hans syster, som själv inte kunde få barn. Mot en viss ersättning. Men Anna var bestämd, hon skulle fostra sitt barn, även om hon var tvungen att sluta på gården."

Karin hade varit helt oförberedd att få höra att Anna var med barn. Ingen hade berättat det för henne. Kanske hade man tänkt göra det när hon blev äldre, men inte lyckats bestämma när. Underligt, tyckte hon.

Hanna gjorde en kort paus för att det skulle sjunka in.

"Men hur tänkte hon klara av det?"

"Hon hade kontaktat ett ställe utanför Malmö, där de hade mödrahjälp, men tyvärr kom hon inte dit. Hon födde barnet själv inne i sin kammare och jag hjälpte henne så gott jag kunde. Men jag kunde inte rädda henne från eldsvådan, jag kom för sent."

Karin märkte hur Hannas röst ändrade tonläge. Den avslöjade ett vemod, en rädsla. Hon kämpade med tårarna. Men Karin måste få veta allt. Anna födde alltså ett barn och kort därefter blev hon innebränd. Men barnet? Hon var inte längre säker på att hon vågade höra sanningen.

"Vad hände den kvällen?"

Hanna hämtade ett glas vatten som hon drack i stora klunkar. Hon behövde lugna ner sig.

"Jag hade varit borta hos skräddaren och hans fru en liten stund. De var de enda som jag litade på. Jag bad dem ringa till Annas föräldrar och berätta om födseln. De skulle kontakta mödrahjälpen dagen efter, så att Anna skulle få den hjälp hon behövde. När jag kom tillbaka"...

Hanna fick en plötslig gråtattack och kunde inte fortsätta på en lång stund.

"När jag kom in på gårdsplanen såg jag någon smyga in i huset med något i famnen. Det var mörkt, men jag kunde ändå urskilja vem det var. Det var Lundbergs son Karl. Just då kände jag rök och såg lågorna som slog upp i Annas kammare. Det var så hemskt, jag rusade dit, slet upp dörren och såg Anna ligga på golvet vid sängen. Det var helt övertänt, lågorna slog emot mig. Jag försökte ta mig in, men hindrades av hettan och röken. Det gick inte att se något längre. Drängen kom rusande, följt av Siri och Nils, men det gick tyvärr inte att rädda henne."

Tårarna gick inte att hejda, de satt tysta och snörvlade medan de lät det hemska sjunka in. Hanna hade många gånger drömt mardrömmar om eldsvådan, som släckte livet för flickan. Samtidigt hade hon många gånger undrat varför ingen kunde rädda henne.

"Men barnet?"

"När jag förstod att inget kunde rädda Anna, gick jag in i huset och hittade barnet i Lundbergs sängkammare. Jag samlade snabbt ihop några av mina personliga saker och lämnade gården för alltid. Jag ville inte vara där längre, när Anna inte fanns i livet."

"Men barnet? Tog Lundbergs syster hand om det?"

"Barnet var en flicka. Jag tog det med mig, stal det. Bad skräddaren, som också hade en taxibil, köra oss till Annas föräldrar. De tog hand om flickan och jag reste vidare. Jag stal barnet, men kunde inte tänka klart längre. Trodde att just då att det var den bästa lösningen. Som tur var gjordes inga efterforskningar och historien glömdes bort. Det blev aldrig känt att något barn hade räddats ur eldhavet."

Hanna våndades inför det hon till sist måsta avslöja. Det var denna stunden hon haft en stor ångest över, ända sedan den kvällen, när hon lämnade gården. Hon ville att Karin skulle förstå, utan att kritisera. Alla hade under alla år dolt sanningen, de som visste om den var tysta. Nu hade stunden kommit, det hade blivit Hannas uppgift att så skonsamt som möjligt få Karin att förstå.

"Det barnet, flickan, det är du! Dina morföräldrar kom överens med Annas syster, Ester, att hon skulle låta dig ingå i deras familj. Jag fick höra det flera år senare."

Medan Karin låste upp bilen tänkte hon på hur hon blivit alldeles stum och bara gapat. Hon hade fortfarande inte hämtat sig från chocken, men ville iväg, trots Hannas protester. Hon måste få tänka.

På väg norrut mot Mölle kom ilskan mot sina föräldrar över henne. Hon förstod inte varför de aldrig berättat, att hon inte var deras riktiga dotter. Hela livet hade hon levt i en förljugen tid, där alla utom hon visste. Karin försökte tänka på episoder under sin uppväxt, då hon kanske borde ha undrat själv. Men hon kunde inte komma på något. De hade lyckats dölja sanningen för henne och låtit henne få upptäcka den själv. Nu kunde ingen stå till svars längre.

Hon körde in på vägen till Mattias. Ville inte vara ensam.

67

När Mattias öppnade dörren såg han genast att något hade hänt. Han kände knappt igen Karin. Hon bara stod där och stirrade tomt på honom. Håret hängde vått och stripigt ner i ansiktet, kläderna var genomvåta. Hon såg genomfrusen ut. En blixt lyste upp himlen, följt av en kraftig åskknall kort därefter. Åskvädret gjorde stugan strömlös.

"Men vad har hänt Karin? Kom in och värm dej!"

Hon satte sig tungt på en stol, medan Mattias plockade fram en handduk och varm dryck, som han just kokat innan strömmen försvann. Hennes blick var tom, men färgen i ansiktet började så sakta komma tillbaka. Mattias förstod att han måste ge henne tid. Insvept i en filt gick hon med på att lägga sig på soffan. Han tände några stearinljus. Ett spökligt ljus spred sig i rummet. Långsamt berättade hon hela historien, utan att han avbröt henne.

Hon såg forskande på honom, när hon kommit till slutet. Mattias svor på att han inte visste något av det hon berättade.

"Det enda jag har hört var, att drängen Anders slutade
på gården efter branden. Förra veckan fick jag höra att
Nils Lundbergs son Karl dog för tre år sedan. Det var an-
tagligen då som Paul tog över gården. Men han har vad
jag hört misskött den och har stora skulder. Mest pri-
vata, men det har drabbat driften på gården också. Hans
tyska fru tycks ha lämnat honom, trött på allt."

Karin lyssnade med ett halvt öra, hon var innesluten i
sina egna tankar. Chocken började släppa, men insikten
att hon blivit förd bakom ljuset, fråntagen sitt rätta liv,
kändes som en klump i magen. Hur skulle hon kunna lita
på människor igen? Vem var hon egentligen? En föräld-
ralös kvinna, utan släktingar att anförtro sig åt. Tankarna
irrade runt i huvudet, gick igenom Hannas berättelse
gång på gång. Men det var något som saknades i det hon
sagt. Karin blev plötsligt fullt medveten om vad.

Hon satte sig upp med ett ryck.

"Förresten vad sade du, är Karl Lundberg död?"

Mattias tittade på henne med undran i blicken.

"Vem var det då jag såg i fönstret på ovanvåningen,
när jag var där borta på gården, då Paul var hotfull mot
mig?"

Den senaste tiden kaos övergick i en stor klarhet. Som om alla krafter koncentrerades på ett mål. Karin visste med en gång vad hon måste göra. Hon reste sig hastigt, vinglade till av yrsel, men återfick balansen.

68

Det var med stor möda Mattias lyckades få henne att inse, att hon behövde äta något innan hon begav sig ut igen. Han lovade följa med henne till gården om hon åt lite av hans kycklinggryta, som han tillagat tidigare och fortfarande var tillräckligt varm.

En halvtimme senare var de på väg. Mattias körde den korta sträckan till Paul Lundbergs gård. Klockan visade på strax efter nio på kvällen. Mörkret var kompakt när de närmade sig, men månen skymtade fram korta stunder mellan molnen. Åskan och regnvädret hade dragit förbi, luften var kylig och mättad av fukt.

Karin sade ingenting, satt bara och stirrade rakt fram. Det var som om hon förberedde sig inför det oundvikliga. Orolig för vad de skulle upptäcka.

När bilen svängde in på gårdsplanen och parkerade vid det stora trädet, kändes allt så kusligt. Vinden prasslade i trädkronorna. Hela boningshuset var mörkt. Strömlöst. De anade att Paul inte var hemma. Gruset knastrade under deras fötter när de gick mot ytterdörren.

Karin sneglade upp mot fönstret, där hon sett den gamle mannen vid hennes senaste besök. Men det var mörkt i rummet. Hela huset såg spökligt ut, när månen plötsligt visade sig och mörka svepande skuggor dansade mot husväggen.

Dörren var låst. Ingenting hände när de ringde på dörrklockan. De knackade hårt ett flertal gånger, till ingen nytta. Karin drog fram en trädgårdssoffa från väggen och ställde den under fönstret bredvid dörrtrappan. Hon ställde sig på tå för att kunna kika in, men såg bara en mörk hall. Efter en stund kunde hon urskilja trappan, tack var en månstrimma som letade sig in genom fönstret. Hon skrek till när hon såg något som låg på golvet i hallen.

Mattias trodde att det fanns en ficklampa i bilen och gav sig iväg för att hämtad den. Men Karin var otålig, kunde inte vänta. Hon handlade rent instinktivt. Tog en stor sten och krossade fönstret. Hon lyckades med stor möda rensa från glasskärvor och ta sig in i byggnaden. Mattias hade fortfarande inte kommit tillbaka, men hon låste upp dörren åt honom.

Mannen jämrade sig svagt och Karin blev lättad. Han levde, men hur illa skadad han var visste hon inte. Hon kände på pulsen, som var svag. Hon undrade om Mattias hittade ficklampan, men var så upptagen med den skadade mannen, så tanken försvann lika snabbt. Hon hittade en telefon i den mörka hallen och ringde efter en ambulans, medan hon så sakligt som möjligt försökte förklara vad som hänt och beskrev vägen.

Hon såg en skugga närma sig och var glad att Mattias var tillbaka. Hon sade något till honom, men fick inget svar. Just som hon vände sig om, kände hon ett hårt slag mot bakhuvudet och allt blev svart.

69

Ett starkt ljus irriterade henne. Hon försökte öppna ögonen, men de ville inte lyda henne. Någon sade hennes namn, men hon orkade inte svara, det var ingen röst hon kände igen. Hon kisade försiktigt med ena ögat och såg en dimmig person stå lutad över henne. Rädslan kom över henne. Hon lade märke till de vita väggarna i rummet, en tavla som hängde snett och den gula filten vid fotändan. Det var ändå något tryggt över hela situationen, kände hon. Någon upprepade hennes namn och hon vågade till sist öppna ögonen.

En läkare stod över henne och lyste i ögonen. Han frågade en massa, men hon var inte redo att svara. Vid sängkanten satt Mattias med två plåster i pannan. Han log mot henne, det gjorde henne lugn. Hon försökte minnas hur hon hamnat på sjukhuset och varför. Sakta gick hon igenom händelseförloppet, men orkade inte tänka klart. Det var något med gården vid Svarta Halla. Hon vände huvudet mot väggen och somnade ifrån värken i kroppen. Sjönk in i den trygga, befriande sömnen.

Karin vaknade av en kaffedoft. När hon slog upp ögonen, såg hon Mattias sitta på en stol med en kaffemugg framför sig. Det kändes skönt att ha honom där, men kände att frågorna hopade sig i skallen på henne. Så mindes hon plötsligt mannen, som låg skadad nedanför trappan på gården. Hon satte sig hastigt upp. Det sprängde i huvudet av ansträngningen och hon blev yr.

"Du måste ta det lugnt Karin, du har fått en hjärnskakning. Det blir någon dag här på sjukhuset, innan du kan komma hem, det har läkaren sagt."

"Men hur gick det med mannen och vad hände egentligen?"

"Mannen ligger också här på sjukhuset, han har en lättare skallskada och ett brutet nyckelben, men mår efter omständigheterna bra. Han är undernärd och svag, men får bästa vård här. Jag har pratat med honom. Det är mycket riktigt Oskar Lundberg, din far. Han har frågat om vem som hittade honom. Jag tror att han blir överraskad, när han får veta att det var hans dotter."

Karin log trots att det gjorde ont i kroppen. Hon sade namnet tyst för sig själv och försökte förstå vad det innebar. *Oskar. Min far.* På kort tid hade hon fått berättelsen om sin egentliga mor och nu hade hennes far plötsligt trätt in i hennes liv. Hon trodde knappt att det var sant, hade svårt att ta in allt som plötsligt hände. Det var som en film, som rullades upp på en bioduk, ett familjedrama med nästintill overkliga händelser. En film i vilken hon själv hade huvudrollen. Men det var ingen påhittad berättelse, allt var på riktigt.

"Men vad hände, varför ligger jag här och varför har du plåster i pannan."

"Paul kom körande in på gården, när jag stod vid bilen och letade efter ficklampan. Han var berusad, men lyckades ändå överrumpla mig och stuvade in mig i bagageutrymmet på bilen. Allt gick så fort, jag hade ingen chans att hjälpa dig. Han rusade tydligen in i hallen och slog ner dig med något hårt, så du tuppade av."

"Herregud, han kunde ju slagit ihjäl oss."

"Han hade kanske lyckats med det, om inte ambulans och polis kommit efter bara några minuter. Det räddade oss. Paul höll då på att packa en väska, för att ge sig iväg därifrån. Men det blev en resa till arresten istället."

Karin hade ett vagt minne av hur hon hade försökt ducka för slaget, när hon vände sig om. Han hade tagit strupgrepp på henne, men släppte efter ett tag. Skrek något obegripligt om brev från Brasilien, innan han slog till henne igen och allt blev svart.

70

Rummet var spartanskt möblerat i ljusa färger. Han krävde inte så mycket, trivseln var det viktigaste. Karin och Mattias hade hjälpts åt att ställa allt iordning, så att han kunde flytta in två veckor efter sin sjukhusvistelse. Oskar var glad att han kommit från gården och att han nu befann sig i en trygg miljö.

När den övergivna stationsbyggnaden revs på 60-talet, byggdes äldreboendet på samma plats. Oskars rum vette mot Janne Petters väg och om han sneglade ut genom fönstret, kunde han se vägkorsningen vid Brovägen. Många minnen dök upp i huvudet. Han kom ihåg hur han och Anna träffat andra vänner där vid *Glada hörnan* många sommarkvällar.

Minnen var allt han hade kvar av Anna. När han kom hem från sin resa i Sydamerika för att gifta sig med henne och ta hand om sin familj, möttes han av det hemska beskedet. Anna och barnet hade omkommit i eldsvådan på gården. Han var otröstlig, men orkade inte ta reda på fler fakta om orsaken, utan togs om hand av sin familj. Han planerade att ta livet av sig, men vågade inte fullfölja. Kontakten med familjen bröts, han ville vara ensam med sin sorg. Så hade åren gått och han accepterade sitt öde, utan att göra några som helst försök att träffa någon kvinna. Tog på sig mycket arbete som fotograf för olika dagstidningar, på ledig tid påtade han i sin trädgård. Tidvis isolerade han sig i sin stuga, medan livet fortsatte därutanför.

Ibland tänkte han tillbaka på tiden i Brasilien. På människorna han mött, arbetet och den underbara naturen. I de stunderna fick han för sig att Annas död var straffet för hans egen tillfredsställelse med kvinnan den kvällen.

Det kändes overkligt, när det började gå upp för honom att hans dotter faktiskt fanns i livet. Någon, som han inte mindes namnet på, hade berättat det tre år tidigare och han bad Paul om hjälp med att söka efter henne. Brorsonen lovade undersöka, men hade inte kommit fram till något. Sjukdomen hade slagit klorna i honom och orken försvann. Det var då Paul tog hand om honom.

Han satt i sin fåtölj, när Karin kom in. Det tidigare så långa ovårdade håret var klippt, ansiktet hade fått färg. Kroppen var fortfarande alltför mager, men han åt med god aptit av maten som boendet erbjöd. Framför honom på bordet låg en häftad gul bok. Kullabygdens årsskrift, som var tio år gammal. I den fanns en artikel som han hade medverkat till och dessutom hans egna bilder från trakten. Bilder från en svunnen tid, när livet fortfarande var enkelt. Minnen från det förflutna.

Han var så innerligt tacksam för att Karin räddat honom den där kvällen, när han fallit ner från de sista trappstegen och skadat sig. Ännu hade han inte fattat att det var hans egen dotter som letat upp och tagit hand om honom. Han visste att hon fanns, men ingen hade under alla dessa år sagt något. Hans brorson hade inte hjälpt honom att leta efter henne. Men han tänkte inte bli bitter.

"Hur mår du idag?"

"Jag har aldrig mått bättre. Men jag har funderat på hur du kunde hitta mig där på gården."

"Det är en lång historia, men långt om länge fick jag kontakt med Hanna. Eller Nanny som hon kallades förr."

Oskar log vid tanken på Nanny och ville gärna träffa henne.

Karin grubblade fortfarande på livet och kände sig vilsen. Kanske måste hon gå och prata med en psykolog om allt som hänt.

71

Snön föll över bygden. Tysta flingor lösgjorde sig från den grå himlen och svävade viktlösa mot marken. Snöfallet gjorde människor glada och vaggade in dem i trygghet.

Karin stannade upp, såg sig omkring på människor som hon mötte på trottoaren. Vände sitt ansikte mot himlen, blundade och lät snöflingorna, lätta som änglavingar, landa på ögonlocken.

Inom kort skulle Mattias och hon öppna galleriet och ha den första vernissagen. Allt var förberett, tio oljemålningar väntade på att bli upphängda. Ändå kände hon ingen lust, orken hade runnit ur henne. Kunde inte förstå varför, väntade bara på att det skulle gå över.

Något som Paul hade slängt ur sig den kvällen de hittade Oskar på gården, malde i hennes huvud. Något om ett brev från en kvinna i Brasilien. Han hade skrikit att hon skulle fråga gubben om hans äventyr i Sydamerika.

Hon hade inte vågat fråga sin far, men förstod att skulle

vara tvungen att ställa honom mot väggen. Hon fasade för sanningen igen. Hade hennes far haft ett förhållande under sin vistelse i Sydamerika? Hade han kanske rent av ett barn med en kvinna? I så fall skulle hon ju ha ett halvsyskon. Var det så Paul menade? Hon hade inte sett några brev hos Oskar, så de måste Paul ha tagit hand om.

Mattias hade märkt på henne att allt inte stod rätt till och ville prata om det. Men hon behövde någon expert på det mänskliga psyket att tala med. Någon som kunde hjälpa henne ut ur väntrummet.

Oskar satt i ett samlingsrum på äldreboendet och väntade på Karin. Han var redan iklädd ytterrock och keps. Han reste sig med käppens hjälp, när han fick syn på Karin. Tillsammans gick de ut till bilen för att göra ett tandläkarbesök i Höganäs. Utanför entrén stod några ur personalen och tog en rökpaus. De log mot Oskar och påminde honom om ärtsoppa och pannkakor till lunchen.

Ingen av dem lade märke till kvinnan i mörkblå kappa, som just parkerat sin hyrbil och gick med tveksamma mot ingången.

72

Luisa hade bevakat och rapporterat från det svenska riksdagsvalet i Stockholm och därefter gjort en utvärdering på plats efter två månader. Socialdemokraterna skulle få makten igen, denna gången med Centerpartiet som stöd. Debatten hade tidvis varit hård mellan partierna, men nu tycktes lugnet ha återvänt, åtminstone för stunden.

Hon hade bokat hotell i Helsingborg för tre nätter och var fast besluten att träffa mannen på äldreboendet snart. Oskar hade varit känd som *fotografen* hemma i Brasilien, där Luisa var född. Hennes mor hade berättat för henne om den blonde ynglingen, som snabbt blivit populär med sina artiklar och fotografier i lokala tidningar. Men också för sitt engagemang för utsatta grupper i staden och dess utkanter. Oskar hade aldrig svikit sina ideal, men för den skull inte slagit sig för bröstet och tagit åt sig av all uppmärksamhet. Han hade levt enkelt, hjälpte de fattiga och många sörjde, när han hastigt lämnade landet, för att ta första bästa båt hem. Ingen där förstod varför. Några trodde sig veta, att det skett något dramatiskt, som fått honom att smita iväg. Man spekulerade i om att han gjort någon flicka med barn, eller i värsta fall dödat någon. Luisa hade lovat sin mor att leta upp Oskar.

Det hade slutat snöa. Ett lager av blaskig snömodd täckte marken och temperaturen visade på flera plusgrader. Luisa tyckte inte om vintern. Under de två åren med resor inom Europa, hade hon någorlunda vant sig vid det kalla klimatet, mest för att hon var tvungen. Hon och hennes man hade planerat att bosätta sig i Portugal för gott, om allt gick i lås. Klimatet där var behagligt vintertid. De hade båda sökt arbete i Lissabon och hade goda utsikter att lyckas.

När hon närmade sig entrén till äldreboendet, såg hon två personer komma ut därifrån och gå till en bil, som stod strax utanför. Luisa såg på dem och hajade till, när hon hörde någon person tilltala mannen med käppen. Hon tänkte först vända tillbaka, men hejdade sig. De var redan på väg därifrån och hon skulle inte ha en chans att hinna ifatt bilen. Hon frågade istället den som tilltalat mannen om det var Oskar Lundberg hon mötte. Nu när hon var hon säker, bestämde Luisa sig för att komma tillbaka vid ett annat tillfälle. Hon tummade på det svartvita fotografiet av en ung Oskar och log vid tanken på deras kommande möte.

73

Dagarna var grå och nätterna svarta. En liten stund före gryningen anades ett svagt ljus.

Hon gick oftast upp då, andra gånger somnade hon inte förrän det ljusnade. Allt flöt ihop och i sysslolösheten under de vakna timmarna satt hon och klottrade på en målarduk. Tiden passerade obemärkt, så hade det varit hela vintern. Allt skulle ta sin tid hade psykologen sagt.

En morgon vaknade hon i det första morgonljuset av fåglarnas sång genom det öppna fönstret. Det gjorde inte ont i bröstet längre, hon var befriad från hjärtklappningen. Karin steg upp, satt länge vid frukostbordet och såg med nya ögon ut på träden, som började skifta i grönt. För första gången på länge kände hon sig lugn.

Hon ringde till Mattias. Den senaste tiden hade deras träffar varit sporadiska och korta. Hon hade alltid haft någon förevändning att åka hem till sitt, även om hon bara hade suttit och slötittat på någon såpopera i sin ensamhet. Karin kände sig stark nu att ta tag i sitt liv.

Epilog

Paul Lundberg dömdes för rattfylleri, överfall, dråpförsök och våld mot tjänsteman. Men det gick inte att bevisa hans skuld till behandlingen av Oskar. Gården såldes på exekutiv auktion, skulderna reglerades, medan Paul fortsatte leva sitt destruktiva liv. Trots att han försökte hävda att han var närmast anhörig till sin farbror, skulle han gå miste om arvet som han väntat på.

Oskar levde upp på nytt, nu när han fått den dotter han aldrig haft. Han bodde kvar på Nyhamnsgården, var omtyckt och underhöll stundtals de övriga på boendet med berättelser från sin resa i Sydamerika.

Hanna fick bra kontakt med Karin och Mattias och var vid flera tillfällen hembjuden hos dem, ofta i sällskap med Oskar. Hon fick plats på ett äldreboende i Höganäs och trivdes bra. Hon hade äntligen fått ro i själen.

Karin och Mattias levde sina konstnärsdrömmar, bodde var för sig, men träffades så ofta de kunde. De gjorde cykelturer eller vandringar på Kullaberg om helgerna.

Ibland åkte de iväg på konstresor. Sommartid hade de fullt upp med alla besökare i det lilla galleriet.

Mötet med Luisa blev en glad överraskning för Oskar. De satt länge och pratade gamla minnen från en svunnen tid. Karin hade en gång kommit på besök till sin far och hittat honom och en kvinna i ett livligt samtal på engelska. Först blev hon alldeles ställd och anade det värsta, men Oskar presenterade dem för varandra och förklarade allt.

Luisa hade lovat sin mor att försöka hitta Oskar och tacka honom för allt han gjort för familjen. Själv hade Luisa bara ett svagt minne av honom. Hon var sex år, när han kom som en främling en dag och ville hyra ett rum i deras lilla hus på landet.

Han var tolv år äldre, men de hade blivit bra vänner. Han lärde sig språket ganska snabbt och lärde henne att fotografera. Med barnslig förtjusning hade hon visat honom böcker, med alla djur och fåglar som fanns i Brasilien. Luisa mindes hans intresse för allt som handlade om landet. Senare i livet hade hon läst hans artiklar från tidningar, som hon sparat och blivit inspirerad att bli journalist. Nu kunde hon med gott samvete kontakta sin åldriga mor hemma i Brasilien och skicka varma hälsningar från den blonde ynglingen.

Livet gick vidare, Karin var helt överens med sin far om att det förflutna inte hade något nytt att erbjuda. Hon kunde ibland tänka på att hon aldrig skulle fått veta sanningen om sina verkliga föräldrar, om hon stannat kvar där uppe i Småland. Antagligen aldrig fått veta sitt ursprung. Nu visste hon. Livets vägar var ibland krokiga hade hon lärt sig.

När hon ibland passerade Nyhamnsläge, kunde hon inte låta bli att snegla bort mot gården vid Svarta Halla.